Esa antigua tristeza

José Borges

ISBN: 1469949040
ISBN-13: 978-1469949048

www.elblogdeborges.com
jose.borges.escritor@gmail.com

Editora: Alexandra Rodríguez Burgos

Portada por Joel Alfaro
Alfaro Studios
joelenriquealfaro@gmail.com

AGRADECIMIENTOS

Agradezco a mis padres por fomentar mi amor a la literatura, a Alexandra Rodríguez por editar la novela, a Luis López Nieves por encender mi pasión por escribir, a Juan Blanch por inspirar la idea, a Gabriel Osorio por su ayuda con algunos aspectos de la investigación, a Isabel Yamín y a Mario Cancel por leer y criticar la novela, y a todos los que, de una manera u otra, contribuyeron para que este sueño cristalizara.

Sobre todo, te agradezco a ti, por leerla.

"Muchas veces nace la enfermedad del mismo remedio".

Baltasar Gracián (1601-1658), escritor español

Prólogo

Prefería la hoguera a las despedidas; la quemada se sanaba con el tiempo, pero la ausencia no. Sin embargo, sabía que sería peor si no hablaba con él por última vez. Jamás se perdonaría a sí mismo. El viaje desde San José en carruaje había sido largo y tedioso, y sintió alivio al poder caminar. No lo esperaban, pero sería recibido con alegría, al menos, con la que podrían demostrar bajo las circunstancias.

Esperó a que los caballos desaparecieran en el horizonte antes de entrar. La última vez que estuvo allí llegó en automóvil y acompañado. Ahora, solo los ricos eran capaces de poseer un carro y su acompañante formaba parte del pasado. Otra despedida más para odiar. Mucho había cambiado en cincuenta años.

Llegar a Costa Rica casi había sido una aventura: no era tan accesible sin aviones. Eleazar se preguntaba si la civilización se deterioraría más o saldría a flote otra vez. Solo sabría Dios, con su infinito sentido del humor. Si fuese a apostar, su dinero estaría con la humanidad. Era peor que las cucarachas.

—Espero que te estés divirtiendo, cabrón —dijo al cielo.

Podía oler la comida desde la entrada, a unos veinte metros de la casa. La tarde había comenzado y el sol no permitía muchas sombras. El hombre joven de pelo castaño sacó un pañuelo de su bolsillo y se limpió la frente. Esta vez, lucía el cabello más corto y no tenía el bigote de cuarenta años atrás. Caminó de prisa hacia la casa para evitar que algún vecino lo viera. Lo menos que quería era levantar sospechas.

Tocó la puerta y fue recibido por una mujer de pelo rubio y ojos llenos de lágrimas.

—Sandrita —dijo Eleazar—. ¿Tu papá...?

—En cama. ¿Cómo sabe mi nombre?

—Me han contado mucho de ti. ¿Puedo pasar?

La mujer abrió la puerta y Eleazar entró, contento de ver a la niña (ahora mujer) de la que tanto le habían contado. Fue una alegría corta, ya que la atmósfera en el hogar era pesada y llena de angustia.

Eleazar tomó aliento y se preparó para despedirse de otro ser querido en menos de un año. Maldijo a Dios otra vez y entró a ver al moribundo, a quien había conocido hacía ya mucho tiempo.

Memorando

Fecha: 4 de octubre de 2006
Para: Directores de departamento
Cc:
De: JN
RE: **CONFIDENCIAL** - Proyecto Gea -
              CONFIDENCIAL

La cuarta fase del proyecto está a punto de culminar.
Favor de iniciar los preparativos necesarios.

I

Ya no soportaba la rutina de todos los días: la misma hora perdida en el tráfico, los mismos vagabundos, la misma gente alborotando con las mismas bocinas de los mismos carros, la misma mierda de siempre.

En cierta manera, agradecía las dos horas diarias a solas con sus pensamientos. Tenía que atender a Sandra en la casa y laborar en el trabajo. Aquí podía pensar a solas, pero la certeza de volver a la conformidad lo hastiaba.

En pocos minutos estaría obligado a pensar en la hipoteca, el préstamo de su automóvil y el de Sandra, los impuestos, las mejoras de la casa, la luz, el agua, la gasolina… Era demasiado.

Quería irse a algún lugar remoto y vivir de la tierra, cazar la cena y cultivar los condimentos. Sabía que era un sueño inverosímil. No era posible vivir así hoy día (además, jamás había cazado un pájaro ni cultivado una planta de habichuelas). ¿Siempre habrá sido la vida así de complicada?

Al menos, gracias al trabajo, viajaría pronto. En dos semanas estaría en Seattle para recibir un adiestramiento innecesario. Brommer estaba seguro de que sabría más acerca del tema que el conferenciante. Llevaba años diseñando métodos de seguridad para sistemas de información.

Su esposa no estaría muy contenta de tener que estar sin él por una semana. En cinco años de matrimonio, jamás se habían separado por una noche, mucho menos por siete días. Mientras más tiempo pasaba, más añoraba sus días de soltero, cuando podía hacer cualquier cosa sin tener que anunciarlo o pedir permiso. En ese entonces, añoraba estar con Sandra, sin saber cuándo tendría la oportunidad de estar a solas con ella otra vez. Ahora le gustaba la idea de estar solo por algunos días.

Planeaba cómo decirle a Sandra que estaría fuera del hogar por una semana.

Antes de llegar a su casa, mientras esperaba el cambio del último semáforo, vio a dos hombres en la acera que se empujaban. Sintió ansiedad ante lo que podría pasar, pero la curiosidad no lo dejaba despegar la vista de los combatientes.

Era un abuso, más que nada. El atacante lanzaba puños y patadas a su víctima, que ya estaba en el piso en posición fetal, tratando de cubrirse de los golpes como podía. Por la vestimenta sucia y rasgada de los hombres, Brommer dedujo que eran mendigos. Tal vez peleaban por el derecho de pedir en esa intersección.

Por un momento, Brommer consideró salir del auto y detener la pelea. Luego pensó que no era su asunto. Además, temía ser el próximo que recibiera una paliza. Cuando la luz cambió a verde, continuó la marcha. A través del retrovisor, trató de ver qué más ocurría. La paliza continuaba, ahora con algunos espectadores. Nadie había intervenido cuando Brommer dobló en la avenida.

Se recriminó por no haber actuado. Criticaba la falta de compasión que había en el mundo, el deseo de interceder por el prójimo. Se abochornó al descubrir que era igual de insensible que el resto. Era fácil criticar las convicciones morales de los demás sin darse cuenta de las deficiencias propias.

Había olvidado la discusión que tenía pendiente con Sandra. La imagen del mendigo indefenso no se le iba de la cabeza.

Tenía que decidir qué prepararía para la cena y eso le desvió los pensamientos. Aunque Sandra llegaba más temprano del trabajo, él estaba a cargo de la cocina. El acuerdo no le molestaba: disfrutaba cocinar. Al igual que su esposa, odiaba fregar. Los trastes eran causa de varias discusiones en el hogar. Era raro que ganara dichas discusiones, ya que Sandra poseía un arma de sumo poder: el sexo.

—¿Qué piensas cocinar? —preguntó Sandra tan pronto Brommer entró.

—No sé. ¿Queda pollo?

—Ay, sí, pero no quiero pollo. Eso fue lo que almorcé.

Brommer abrazó a su esposa y le plantó un beso ligero en la boca. Luego comenzó a buscar en la alacena.

—Arroz con calamares. ¿Te parece?

—¿Y habichuelas?

—Solo si friegas…

—… entonces no habrá jueguito esta noche —Sandra concluyó la oración.

—¡Coño, Sandra! Estoy cansado. ¿Es mucho pedir que limpies los trastes?

—Si quieres usar al tuerto, sí.

—Que se joda, entonces, pero friegas tú.

Sandra permaneció en silencio mientras su marido cocinaba, segura de que había algo raro. Brommer preparó la cena, enfadado. Se sentía abrumado por la vida diaria y a su esposa no le daba la gana de darle quince minutos de placer. ¿Por qué todo tenía que ser una lucha?

II

Eleazar no recordaba la última vez que había sentido tanta hambre. Sentía dolor en el estómago y casi podía imaginarse a alguien apretándole y estirándole los intestinos. No sabía cuándo había comido su último bocado. ¿Días? ¿Una semana? ¿Dos? Se había esforzado para levantarse, pero no tenía la fuerza necesaria para hacerlo.

Sabía que llevaba al menos tres días acostado al lado del almacén abandonado. Se había desplomado entre las bolsas de basura mientras buscaba comida en un acto de desesperación. Poca gente pasaba por allí, y los que, por suerte, lograban verlo, hacían todo lo posible para evitarlo. Trató de pedir auxilio varias veces, pero, al no haber tomado agua por tantos días, tenía la garganta demasiado reseca para hablar. Solo emitía un sonido que ahuyentaba a cualquiera que lo oyera.

Jamás pensó que la pasaría tan mal en Seattle. Llevaba casi un año allí. En ese tiempo, todo fue cuesta arriba. Lo habían asaltado y, sin dinero para reponer su ropa, se le hizo imposible conseguir trabajo. Se dedicó a pedir limosnas y a reunir los fondos necesarios para mejorar su apariencia, ya que había cruzado la frontera de la piedad hasta llegar al asco: nadie se le acercaría con esa facha. Por alguna razón, no lograba sobrevivir y ahorrar para ropa a la vez. Decidió dejar de comer hasta que tuviese suficiente dinero. Dada su condición, no pensó que se debilitaría tanto, aunque era algo que nunca había intentado. Casi había reunido lo suficiente, hasta que no pudo más. No podía levantarse de la entrada principal del almacén abandonado que le había servido de refugio.

Desde mucho tiempo antes, quería morir ya.

Cuando primero vio la furgoneta blanca, pensó que era una ambulancia. Pero leyó las letras azul oscuro escritas en el lado del vehículo: "Caldero de Dios". Maldijo lo que estaba seguro que era un mal presagio.

Dos hombres sin uniformes se apearon del vehículo. No les temía: no le podían hacer nada que lo hiciera sufrir más.

—¿Está muerto? —preguntó uno de los hombres. Era alto y llevaba un abrigo de cuero negro.

—No sé. Creo que no —respondió el otro. Era calvo, con un abrigo azul de vinilo. Se acercó a Eleazar—. Hey, amigo, ¿estás bien?

Eleazar trató de responder, solo emitió el mismo sonido ahuyentador.

—Está vivo, al menos, pero lejos de estar bien —dijo el calvo—. Parece un esqueleto. No creo que dure mucho más.

—Olvídate de eso. Lo llevamos de todas formas y terminamos por hoy —dijo el del abrigo negro—. Nos dijeron vivos; no mencionaron en qué condición.

—Bueno, espero que sobreviva la próxima media hora, al menos —dijo el calvo. Luego, le dijo a Eleazar:

—Te vamos a llevar a un sitio donde podrás comer. ¿Te parece?

Sin esperar una respuesta, los dos hombres levantaron a Eleazar: uno, por las piernas; el otro, por los brazos. Luego lo colocaron en la parte de atrás de la furgoneta. No tenía asientos y estaba llena de otros vagabundos acostados en el piso del vehículo. Apestaban a sudor y excrementos, pero nadie se quejaba. Les habían dicho lo mismo a todos: iban a comer. Aun si hubiese podido, Eleazar no protestaría. Quería comer también, sin importarle si era del caldero de Dios o del diablo.

III.

En la residencia Brommer hubo poca conversación durante la cena. La pareja se limitó a formularse preguntas acerca de cómo les había ido durante el día y qué almorzaron. Ninguna de las respuestas excedió las dos palabras.

Brommer esperó a que Sandra se levantara a fregar, antes de abordar el tema del viaje a Seattle.

—Por cierto, tengo un adiestramiento en dos semanas —dijo. Trató de sonar lo más rutinario posible.

—Ah, ¿sí? ¿De qué?

—Unos métodos de seguridad "nuevos". Nada, programas que llevo tiempo usando. Una pérdida de tiempo, en realidad.

—¿Te ayudará a conseguir un ascenso?

—Tal vez, pero lo dudo.

—Bueno, se verá bien en tu expediente, ¿no?

—Sí. Supongo que sí. Lo malo es que dura una semana.

—Al menos rompe la rutina —dijo Sandra, sin apartar la vista de los trastes.

—Y será en Seattle.

—¡Oh! —dijo Sandra—. En la sede.

—Ajá.

—John Naín se pasa ahí, ¿no? Tal vez se fije en ti. Tienes que tratar de sobresalir en ese adiestramiento.

A Brommer le sorprendió la reacción de su esposa. Parecía hasta contenta por la noticia.

—Oye, mi amor, no te preocupes por los trastes —dijo Brommer—. Yo friego.

No intentó ocultar su sonrisa traviesa.

IV

Eleazar no pudo contener una sonrisa al probar el primer bocado de comida. El día anterior lo habían llevado directo a una enfermería en el local. Una enfermera (o médico, no estaba seguro) lo examinó y en poco tiempo le habían administrado un suero. Cuando despertó al día siguiente, se sintió mucho mejor. La enfermera / médica estaba estupefacta con la recuperación del paciente. Al parecer, no esperaban que sobreviviera la noche, pero esa mañana podía caminar por su cuenta. Mejor aún, no sentía dolor. Sin una respuesta para esta mejoría, la bienhechora mandó a que lo ubicaran con el resto de los mendigos que habitaban "El Caldero de Dios".

El comedor era lo suficientemente grande como para acomodar a más de doscientas personas. Era un lugar limpio y decorado, pero había algo que perturbaba a Eleazar. No se dio cuenta de qué, hasta después del tercer bocado de revoltillo con queso y jamón. Lo primero era la calidad de la comida. Usaban huevos de verdad y el jamón tenía un sabor excepcional. Ni los restaurantes ofrecían un desayuno tan delicioso como este, pensó.

Lo otro era la iluminación del lugar: no había una sola ventana; solo luces fluorescentes. ¿Estarían en un sótano? No le importaba. Solo quería hartarse de comida y olvidarse de lo demás.

Después del desayuno, uno de los empleados del "Caldero", vestido con camiseta, pantalones y zapatos blancos, lo llevó a su habitación. Era un hombre alto, corpulento y muy cortés.

Tenía una verdadera cama, no una litera o un catre, como se había acostumbrado a ver en estos lugares. Parecía una habitación de hotel, pero sin ventanas. La temperatura era cómoda y el cuarto olía a limpio. Había otra cama, pero, al parecer, su compañero de cuarto estaba ausente.

El empleado le preguntó si deseaba ejercitarse, leer o tomar algo.

—¿Qué tienes para leer? —preguntó Eleazar en inglés.

—Algunos libros. Los traigo —contestó el hombre y se fue.

Regresó en pocos minutos. Empujaba un pequeño carro con varios libros.

Eleazar hojeó algunos sin interés hasta encontrar uno titulado *Cándido o el optimismo*. Era una edición de 1993 en carpeta suave. Le faltaban las primeras cuatro páginas. Siempre se sorprendía de la poca calidad de los productos actuales. Antes, los libros eran confeccionados por monjes que se dedicaban a copiarlos en silencio. Se cuidaban como los verdaderos tesoros que eran. Ahora, como se podían reproducir con poco esfuerzo en cantidades masivas, guardaban poca importancia. El contenido era lo único que guardaba algún valor.

—Este —dijo el mendigo con el libro en la mano—. Hace siglos que no lo leo.

El hombre vestido de blanco asintió y arrastró el carro con él.

Eleazar se acostó a leer. Antes de llegar a la segunda página, dormía como si se desquitara de sus muchas trasnochadas.

V.

Recordaba la vez que, recién casados, llegaron borrachos de una fiesta. Sandra lo había empujado a la habitación e hizo de él lo que quiso por dos horas. Brommer siempre había recordado esa noche como su mejor experiencia sexual. Hasta había intentado repetir la hazaña varias veces, pero Sandra había desarrollado una intolerancia al alcohol que no permitía que tomara nada.

Ahora, acostado al lado de Sandra, añoraba aquella noche otra vez. Casi escuchaba las advertencias de sus amigos casados cuando anunció su boda. Siempre pensó que le iría diferente a él, que sus amistades estaban con la mujer incorrecta. Era una decepción más en su vida; ya se acostumbraría.

No podía dormir, cosa rara *post coito*. Pensaba en el viaje. Sabía que necesitaba descanso para despertarse a tiempo para el trabajo al día siguiente.

Se había relajado, pero por muy poco tiempo. Tenía las mismas preocupaciones que antes de llegar a la casa. Por un momento, se enojó con Sandra por su habilidad de dormir con tanta facilidad. ¿Por qué no siente la misma carga que yo?, se preguntó. Ella también trabajaba, pero parecía satisfecha con la rutina.

Cuando Brommer cumplió treinta años, comenzó a desesperarse. No había logrado la mitad de las cosas que se había propuesto para cuando cumpliera esa edad. En sus veinte, se había imaginado que habría viajado el mundo, tendría un puesto importante en una empresa y sería reconocido en la industria que escogiese. Sin embargo, sentía que el tiempo se acababa y, peor, que nada cambiaría.

Tal vez ahora, al viajar a la sede de NCT, los altos ejecutivos se fijarían en él y le darían un ascenso.

Mareado con ese pensamiento, Brommer, por fin, concilió el sueño.

Otro hombre vestido de blanco despertó a Eleazar. Había llegado la hora de almuerzo. Los empleados de "El Caldero de Dios" estaban asombrados ante su rápida recuperación. El asombro que percibía trajo a Eleazar un vivo recuerdo de un cura que había reaccionado de manera semejante. Suprimió las memorias sin esfuerzo; era costumbre.

El descanso y el alimento lo ayudaron. Sentía que tenía todas sus facultades. Después de almorzar, quiso bañarse y, tal vez, daría una vuelta por el vecindario. Tenía deseos de sentir el sol en la piel, aunque tuviera que luchar contra la temperatura baja de afuera.

Preguntó por la salida del edificio y recibió respuestas y ofertas absurdas. "Afuera está muy frío. ¿Prefieres un trago?", le dijo uno, o "Vamos a servir una merienda y algo… especial", le dijo otro con una jeringuilla en la mano.

Desde que despertó, Eleazar supo que no estaba en un refugio normal, pero cuando recibió la última respuesta ("No puedes salir") se dio cuenta de que estaba en una prisión disfrazada, aunque tenía que admitir que era la mejor prisión del mundo.

Por más cómoda que fuese la celda, no sería prisionero de nadie. Escapar no sería fácil y tomaría tiempo, pero lo tenía en abundancia.

Las dos semanas antes del viaje a Seattle pasaron rápido. Casi se le hizo tarde a Brommer para empacar. Pensó que Sandra se molestaría con él por irse, pero la notó casi feliz. Cuando la besó para despedirse, esperó lágrimas y una escena incómoda en el aeropuerto, pero se equivocó. Ahora, minutos antes de abordar, no sabía si debía estar aliviado o consternado por la reacción de su esposa.

No podía abandonar la idea de que Sandra tenía un amante. Recordaba la resistencia a tener sexo, la indiferencia ante su ausencia… Además, ¿cuántas historias había escuchado de sus compañeras de trabajo acerca de cómo engañaban a sus esposos?

Una vez despegó el avión, logró distraerse con la novedad del viaje, pero, de vez en cuando, se asomaba la duda.

Después de la cuarta hora en el avión, Brommer pensó que no podría soportar por mucho tiempo la incomodidad del espacio limitado. Estaba sentado al lado de la ventana y decidió que era el peor asiento posible. No se veía nada, excepto nubes, y no se atrevía ir al baño, por no molestar al señor que estaba a su lado, quien dormía profundamente.

sperar a que se levantara para, entonces, seguirlo.

'rado a esperar una hora para que su vecino

tie escuchar al piloto anunciar el aterrizaje en proceso aría escala.

Quitarse poco más de una hora para el próximo computadora ar el aeropuerto. En realidad, quería que, dentro ía estar en Chicago, pero no le daría de poc lad y regresar. Además, odiaba el dad para entrar en la terminal.

a, vaciar los bolsillos, sacar la la… Estaba convencido de ndo viajaría desnudo. La llamada "Guerra contra el terrorismo" se había perdido desde el principio.

Ya estaba ansioso por irse. Esperó un poco más, hasta que, por fin, fue hora de abordar. Minutos después, estaba atrapado entre la ventana y una señora que suspiraba de terror cada vez que sentía algún movimiento del avión. Brommer pidió una cerveza con la esperanza de que le daría sueño, pero empeoró su situación. Sentía un dolor de cabeza agudo, como si le hubieran clavado algo en la frente. No estaba satisfecho con el comienzo de su viaje, pero tenía esperanzas de que solo podía mejorar. Luego, reconocería la experiencia como un presagio.

VIII.

Podían tratarlo como un rey, abastecerlo de comida y bebida, y ofrecerle todos los vicios posibles, pero la realidad de estar en una prisión era la misma: estaba atrapado.

Eleazar y otros mendigos habían protestado, pero nadie les prestó atención. Las protestas se apaciguaron con alcohol, drogas, comida, revistas y hasta dinero. Al principio, Eleazar rechazó todas las ofertas. Notó que se convirtió en el más vigilado de los prisioneros. Por tanto, se vio forzado a aceptar algo. Escogía vino, pero se lo regalaba a su compañero de cuarto o vaciaba la botella por el lavamanos del baño.

Pasaron varios días antes de que los captores bajaran la guardia.

Los guardias cambiaban de turno una o dos horas después del almuerzo. Eleazar notó que el hombre que anunciaba la cena era diferente de los que anunciaban el desayuno y el almuerzo. Un día (había perdido la cuenta de cuánto tiempo había pasado), después del almuerzo, fingió emborracharse y, tambaleándose, siguió a uno de los guardias. Se cuidó de no seguirlo muy de cerca, para no levantar sospechas. El guardia dobló por un pasillo; Eleazar, también. Solo encontró una pared blanca, pero ningún rastro del guardia. Había desaparecido.

Se acercó a la pared para inspeccionarla, pero no vio nada extraño. Decidió volver a la habitación y esperar la hora de la cena.

Eleazar se acostó pensando en cómo había podido desaparecer el guardia. Era improbable que se hubiese vuelto invisible, así que llegó a la conclusión de que la pared tenía que ser una puerta de alguna clase, tal vez activada desde el otro lado. Buscaría la manera de vigilar el pasillo al día siguiente.

Como tenía que estar temprano en la sede de NCT al día siguiente, Brommer se retiró a su habitación, con la intención de permanecer allí el resto de la noche. Llamó a Sandra para dejarle saber que había llegado bien. Hablaron por unos minutos, hasta que su esposa se despidió para ir a prepararse la cena. La brevedad de la conversación solo le sirvió a Brommer para incrementar sus sospechas.

Por un momento, consideró salir a explorar la ciudad, pero se conformó con bajar hasta el recibidor del hotel. Entró en el restaurante de la hospedería donde se entretuvo pidiendo los platos más caros del menú: la compañía pagaría todo. Mientras masticaba un pedazo del *filet mignon*, sonrió al pensar que podría acostumbrarse a esa vida.

No sería tan difícil conseguir un puesto más alto en la empresa. Varios de sus superiores eran ineptos y no era la primera vez que se preguntaba cómo habían obtenido el puesto. Solo tendría que hacerse notar. La única limitación era un simple hecho: no le gustaba su trabajo.

Cuando se acostó esa noche, supo que debía conformarse con lo que tenía. Si no por él, lo haría por Sandra. Se durmió preguntándose qué estaría haciendo su esposa en esos momentos. Trató de no pensar lo peor.

Sandra ordenó pizza. Se aseguró de que le trajeran el doble de cebollas y ajo. Brommer odiaba las cebollas, y el ajo le causaba indigestión. Después de comer, se sentó frente al televisor y cambió los canales sin que oyese protestas ni peticiones de dejar ningún programa en específico.

Luego, llenó la bañera, prendió unas velas y se bañó por más de una hora. Nadie la apresuró para utilizar el baño.

Le gustaba estar sola.

El dolor de estómago no le permitía levantarse de la cama, mucho menos continuar la vigilia del pasillo. Sentía como si se hubiese tragado un puñal entero y que le bailaba en las entrañas. Por primera vez en varios días, vio a su compañero de cuarto, que se encontraba en un estado semejante. Eleazar no sabía si el dolor lo había despertado o si fueron los quejidos del otro hombre.

Creyó que era hambre otra vez y trató de levantarse a comer. No pudo incorporarse y volvió a acostarse en posición fetal. Su compañero de cuarto no se quejaba: ahora gritaba. Cuando dejaba de gritar para recuperar aire, se oían los gritos de otras personas resonar por el pasillo. Era lo único que se escuchaba.

Eleazar mordió la almohada. Se le comenzó a nublar la vista y entonces solo vio luces.

Se preguntó por qué ninguno de los empleados vestidos de blanco había entrado para averiguar qué pasaba. Ahora que lo pensaba, no había visto a ninguno en varios días. Los alimentos y demás diversiones jamás faltaban, pero parecían aparecer como por acto de magia.

Fue lo último que pensó antes de desmayarse.

Apenas podía mantener los ojos abiertos y aún no habían pausado para el almuerzo. La combinación del frío con lo aburrido que era el conferenciante era un somnífero. Brommer y los demás participantes del adiestramiento estaban sentados en un salón con luz tenue. A no ser por el conferenciante, parecería una sala de cine. El conferenciante leía cada punto de la presentación proyectada en la pantalla. Debían esperar instrucciones antes de tocar las computadoras asignadas a cada uno. Brommer completó el ejercicio en menos de quince minutos. Como los demás aún iban por la mitad, volvió a completarlo. Hizo lo mismo en los próximos dos ejercicios, hasta que le costó mantener los ojos abiertos.

Trató de morderse los labios, estirarse, pellizcarse…, nada funcionaba. Sintió la cabeza caer hacia la pantalla y rogó que nadie lo hubiese visto. Tenía que mantenerse despierto de alguna manera.

Ignoró los ejercicios de la conferencia y abrió el directorio de la red de la compañía. Una vez dentro del sistema, se entretuvo leyendo los nombres de los diferentes archivos, hasta que llegó la hora del almuerzo. Era interesante ver cómo los ejecutivos guardaban sus documentos personales y de trabajo. Se limitó nada más a leer los nombres de los archivos, sin abrirlos. Era probable que activara algún tipo de "alarma", si intentaba abrir los documentos. Necesitaría sus programas para acceder a ellos sin ser detectado, pero los había dejado en su habitación. Los traería mañana, pensó.

Cerró el directorio antes de irse a almorzar.

La sede de NCT contaba con un comedor inmenso para acomodar a sus seiscientos empleados. A Brommer le recordaba el de Puerto Rico, pero en mayor escala. Además, contaba con una cafetería administrada por la misma compañía, cuyo menú incluía una variedad de alimentos a bajo costo para los empleados. Aunque hubiese preferido comer en el hotel (aún podía saborear la salsa de champiñones de la noche anterior), sabía que no podría aguardar hasta la noche.

Escogió un sándwich de pavo y se detuvo ante la cantidad enorme de mesas para decidir dónde sentarse. No quería estar al lado de sus compañeros de la conferencia, así que optó por buscar algún espacio más aislado. Encontró una mesa vacía, con la excepción de una mujer sentada en la esquina. Brommer se sentó al lado opuesto de ella. Dejó dos sillas entre ellos.

—Buen provecho —dijo al sentarse, como de costumbre. Se reprochó haberlo dicho, ya que los norteamericanos solo acostumbraban a excusarse, por cualquier razón. Además, la mujer no entendería...

—Gracias —contestó la mujer, en español. Brommer se sorprendió al escucharla. Por el acento, pudo notar que no era su primera lengua.

—¿Eres hispana?

—Mi padre era mexicano. ¿Tú?

—Puertorriqueño... Mi nombre es Ernesto. Ernesto Brommer, mucho gusto —le extendió la mano.

—Maureen García. Es un placer —respondió, aceptando el saludo—. Brommer, ¿eh? No suena muy puertorriqueño...

—Mi tatarabuelo era polaco.

Brommer no podía despegar los ojos de ella. Era morena, de ojos verdes y labios rosados, a los que, por un momento, imaginó besar.

—¿Cuánto tiempo llevas casado?

Fue un regreso abrupto a la realidad. Se dio cuenta de que la mujer se fijaba en su mano izquierda, su anillo de matrimonio en específico. De inmediato y, sin darse cuenta, frotó el aro.

—Ah, cinco años, más o menos.

—¡Qué bien! ¿Hijos?

—Aún no —Brommer sentía sonrojarse.

28

La conversación había cambiado de rumbo y ahora se detuvo. Ahora comían en silencio, sin saber qué más decir.

Maureen terminó de almorzar y se despidió. La siguió con la mirada hasta que salió del comedor.

Al regresar a la segunda mitad de la conferencia, se dedicó a localizar cualquier archivo con el nombre de Maureen. Los encontró sin pasar mucho trabajo y anotó dónde estaban. Mañana averiguaría más.

Evitó el sueño el resto de la tarde, una tarea difícil gracias a lo aburrido de la conferencia.

XIII.

El silencio era absoluto. Los gritos y los quejidos habían cesado. Eleazar abrió los ojos y miró despacio alrededor del cuarto. Su compañero de habitación aún estaba en la cama, inmóvil. Confirmó que no le dolía el estómago y se puso de pie con cautela. No quería arriesgarse a caer al piso otra vez.

Estaba débil, pero mucho mejor que antes. Se preguntó cuánto tiempo habría dormido, ya que sentía un hambre voraz, aunque no comparaba con la de ¿semanas, meses? atrás. Ahora que consideraba el tiempo pasado, se dio cuenta de que no sabía desde cuándo estaba allí, ni dónde. ¿Estaría en Seattle todavía o en alguna otra ciudad? Algún lugar frío, pensó, si se dejaba llevar por las excusas de los empleados, pero supo no confiar en ellos.

Trató de domar el hambre al colocarse la mano derecha sobre el estómago, mientras caminaba hacia el comedor. Después de varios minutos merodeando el lugar, se dio cuenta de que no había nadie en los pasillos, ni en el comedor. Tampoco había comida. Desilusionado, fue a la sala del televisor, con esperanzas de encontrar, por lo menos, alguna picadera. Se conformaría hasta con nueces viejas. No había nada. Ni nadie, que era lo más sorprendente. Jamás había visto la sala vacía. Siempre había por lo menos dos o tres mendigos que se ahogaban en alcohol o drogas. Ahora que lo pensaba, era rarísimo no ver a nadie en los pasillos tampoco. Ni los empleados. Decidió volver al cuarto y despertar a su compañero. Tal vez él sabría qué sucedía.

—Oye, ¿estás despierto? —preguntó al regresar a la habitación.

No hubo respuesta.

—¡Despierta! —dijo, esta vez más alto.

Silencio.

Se acercó a la cama. El hombre estaba acostado con la espalda hacia Eleazar. Le puso la mano sobre el hombro, para sacudirlo, pero se detuvo. Notó que su compañero de cuarto no respiraba.

Colocó la mano debajo de la nariz del hombre y se dio cuenta de que no respiraba. Tenía los ojos, al igual que la boca, abiertos. Las pupilas se le habían escondido y solo se veía el blanco sin vida de su mirada. Parecía como si hubiese luchado por lograr un último respiro de aire.

Poco a poco, Eleazar se alejó del cadáver.

Salió de prisa del cuarto. Se dirigió al pasillo donde había visto al empleado vestido de blanco desaparecer el ¿día antes? Ya no estaba seguro.

Recordó haber visto otros cadáveres en semejante estado, después de la guerra. Aquella vez se había enfermado también, pero se recuperó como de costumbre. ¿Sería la misma enfermedad?

Pasó por otra habitación y decidió investigarla.

Encontró más cuerpos inmóviles en las dos camas. Bastó con inspeccionar la más cercana a la puerta. Descubrió otro cadáver en el mismo estado y llegó a la conclusión de que el resto de los mendigos de "El Caldero de Dios" estaban muertos.

Corrió hacia el pasillo donde antes había desaparecido el guardia. A la vez, trataba de ignorar el hambre y su debilidad.

Sería difícil descubrir la salida, pero al llegar al lugar, vio la pared moverse. Se despegaba del pasillo y creaba un espacio por donde entrar o salir. Eleazar se asomó por la puerta secreta y pudo notar los brazos hidráulicos que la empujaban.

Intentó salir, pero tan pronto dio el primer paso, vio a cuatro figuras blancas invadir el pasillo. Parecían astronautas: usaban trajes de protección que escondían sus facciones y los cubrían de pies a cabeza.

—Aquí —dijo el primero que había entrado en el pasillo. Apenas se entendía lo que decía. La voz se distorsionaba por el aparato respiratorio del traje.

Eleazar notó que estaban armados con rifles. Sin pensar hacia dónde huir, se viró y corrió en dirección contraria.

Oyó un sonido, como si el aire se escapara de algún vacío, seguido de un dolor en la espalda semejante a una picada de mosquito. No dejó de correr.

—Ya mismo cae —dijo uno de los hombres.

No se molestaban en correr tras él. Miró hacia atrás y no los vio, pero podía oírlos acercarse. Sabían que no tenía hacia dónde huir.

Entró en el comedor, desorientado y un poco mareado. Con la mano derecha se examinó la espalda. Encontró algo tubular y lo haló. Otra vez sintió un poco de dolor. Inspeccionó el objeto: era un dardo, con una aguja de una pulgada de largo.

Escuchó las voces de los hombres:

—...lo que no me explico es cómo sobrevivió.

—Olvida eso. Quiero salir de aquí ya.

Eleazar supuso que hablaban de él y corrió hacia una de las habitaciones.

—¡Todavía está despierto! —escuchó detrás de él. Entonces oyó más disparos como el anterior. Sintió dos picadas más.

Las piernas le temblaban y no podía ver nada muy claro; tenía la vista nublada. No sabía si aún estaba de pie, cuando sintió un impacto en la quijada. No le dolió; estaba anestesiado por el tranquilizante.

Creyó probable que estuviera en el piso, aunque todavía tenía el deseo de huir. No podía moverse, mucho menos pararse, por más que trataba. Perdió el conocimiento pensando que ya estaba harto de desmayarse.

A ntes de salir de la habitación, Brommer bajó los programas de su computadora al dispositivo de memoria USB. El sistema de seguridad de la red de NCT en Seattle era casi idéntico al de Puerto Rico. Sería fácil entrar y salir sin ser detectado. Prometía ser un día menos aburrido.

Aprovechó el paso lento de la conferencia para completar los ejercicios de práctica asignados para ese día. Una vez terminados, esperó a que el conferenciante se virara para insertar el USB y comenzó a ejecutar sus programas.

El directorio era vasto y tardó varios minutos en encontrar la base de datos del Departamento de Recursos Humanos. Abrió el expediente de Maureen.

Tenía 28 años y llevaba cuatro en la empresa. Era microbióloga del proyecto Gea… Brommer dejó de leer. El nombre era familiar, pero no recordaba el significado. Picado de curiosidad, buscó más detalles acerca del proyecto en la base de datos. Después de media hora, se rindió. No podía encontrar ningún archivo con ese nombre.

Quería seguir la búsqueda, pero la conferencia terminaría pronto. Además, no tenía idea de dónde más buscar. Esperaría hasta el próximo día para continuar. Desistió de la idea de acceder al sistema desde afuera de la red interna; sería un proceso mucho más difícil y arriesgado.

Despertó atado a una camilla en lo que aparentaba ser un hospital o un laboratorio. Eleazar estaba cansado de despertar con hambre en lugares extraños. Podía sentir que había alguien más en el cuarto.

—¿Dónde estoy? —preguntó Eleazar.

—¡Ah! El sobreviviente despierta —era un hombre. Habló en inglés, pero Eleazar pudo detectar un acento diferente al norteamericano. Inglés, tal vez, o australiano; era difícil descifrarlo.

Eleazar pudo ver el rostro del hombre cuando este se acercó a la camilla. Tenía ojos azules debajo de unos espejuelos negros y una melena de cabello blanco a los lados de la cabeza. Una mascarilla le cubría la mitad del rostro.

—¿Por qué estoy amarrado? No le he hecho daño a nadie.

—Cierto, cierto. Sucede lo siguiente: nosotros queremos saber más acerca de usted. Sin embargo, estamos bastante seguros de que usted preferiría que no sepamos nada. Conflicto de intereses, ¿sí?

Era como un abuelo condescendiente, pero Eleazar notaba cómo le brillaban los ojos de curiosidad al mirarlo.

—No hay mucho que les pueda decir.

—No, no. Supongo que no. Ahora, su sangre es otro asunto. Lo único es que, en vez de darnos respuestas, solo nos provoca más preguntas. Como hombre de ciencia, estoy acostumbrado a la incertidumbre, pero usted es otra cosa. El virus se ha acoplado a usted, sin afectarlo.

—Será que Dios vela por mí.

—¿Dios? No hay lugar para cuentos de hadas en este laboratorio.

—De terror, si acaso.

—Tanto rencor... —dijo el inglés al notar cómo Eleazar se trincaba.

—No sabes de qué hablas.

34

—Tal vez no, pero usted no tiene otra opción, excepto escucharme.

Eleazar recordó la última vez que lo habían atrapado. Casi podía oler la peste a sangre y excrementos del calabozo. Pasaron por su mente visiones de hombres vestidos de negro y carmesí con implementos de tortura en las manos y súplicas para que Dios los perdonara.

Luchó contra las correas de cuero que lo mantenían atado a la camilla.

—Por más que trate —dijo el viejo inglés—, no podrá zafarse.

Tenía razón, pensó Eleazar. Le tocaría ser paciente. Sabía que, al cabo del tiempo, cometerían algún error que le brindaría la oportunidad de escapar. ¿Cuánto más tendría que soportar?

XVI.

Contaba con que ella almorzaría a la misma hora. La primera mitad de la tercera conferencia fue tan aburrida como las anteriores. El enigma del Proyecto Gea era lo único que lo mantenía despierto.

Había buscado el significado de *Gea* por Internet la noche anterior. Era la diosa griega que representaba la tierra y la fertilidad. Debía ser algún proceso para fertilizar tierras áridas o, tal vez, una manera de inseminación artificial. NCT estaba involucrada en todo tipo de negocios.

Brommer se sentó a comer decepcionado. Maureen no estaba por ninguna parte. Cuando la vio entrar al comedor, irguió el torso y siguió a la microbióloga con la mirada. Caminaba hacia su mesa.

—¿Te molesta si almuerzo contigo? —dijo Maureen.

—No, en absoluto. Realmente tenía esperanzas de verte.

Brommer notó lo mucho que el comentario incomodó a Maureen. Temía que de pronto se levantara y cambiase de lugar.

—Es que no conozco a nadie y ya me hacía falta hablar con alguien en español —añadió.

Maureen parecía considerar la excusa. Respondió con una sonrisa, pero aún mostraba cierta reticencia. Tomó un bocado de su sándwich.

—Bueno, y, ¿qué haces? ¿Cuál es tu puesto?, debo decir —preguntó Brommer.

—Microbióloga. Trabajo en un proyecto en el que tratamos de averiguar cómo se transmite el virus aviario.

—¿Virus aviario?

—Sí. Es como la gripe normal, pero afecta a...

—¿Aves? —interrumpió Brommer.

—¿Cómo lo supiste? —rio Maureen—. Bueno, sucede que también puede afectar a los humanos, aunque son casos aislados. De seguro has oído del virus en los medios.

36

—Sí, sí. Hubo cierto tiempo en que los noticiarios no hablaban de nada más. Es como la influenza, ¿no? —preguntó Brommer. De repente no le apetecía mucho su almuerzo.

—Es un tipo de influenza, sí. Se cree que podría causar una epidemia, o pandemia, mejor dicho. Posee unas características peculiares. Es igual de devastador para gente joven y saludable como para ancianos y recién nacidos.

—Pero, ya no es noticia, así que no le prestan atención —interrumpió Brommer.

—Exacto. Parte de la razón por la cual escogí trabajar aquí es porque me extendían la oportunidad de combatir ese virus; evitar una pandemia. Son horas largas, pero siento que soy parte de una solución —dijo Maureen con una mirada distraída—. Además, aquí la comida es económica.

Maureen sonrió, levantando su sándwich como para enfatizar el punto.

—Bueno, creo que has logrado quitarme el apetito por completo —dijo Brommer mientras colocaba el emparedado en el plato. Apenas se había comido la mitad.

—Recuerda: tú preguntaste.

—Cierto, aunque ya veo por qué almuerzas sola.

Maureen sacó la lengua en broma y causó que Brommer se riera.

—Bueno, ¿y tú? ¿Qué haces? —preguntó Maureen—. Ilumíname, porque no creo que NCT contrate comediantes a tiempo completo, aunque no me extrañaría mucho, supongo. Se ve de todo aquí.

—Nada especial. Soy Técnico de Seguridad Informática. Paso todo el día frente a una pantalla de computadora y me aseguro de que ningún *hacker* acceda al sistema, o que ningún empleado baje porno de Internet. Nada tan importante como tu trabajo.

—¿No te gusta?

—Es bastante aburrido. En la mayoría de los casos, resuelvo tonterías de los demás empleados. Que si no encuentran un archivo o no les prende la computadora…, estupideces.

—¿Qué te gustaría hacer, entonces?

Brommer miró al techo, como si pudiera encontrar la respuesta allí. Encogió los hombros y dijo:

—Crear mis propios programas. Lo hago, pero por mi cuenta.

—¿Cómo cuáles?

—Cualquier cosa. Videojuegos, aplicaciones…, lo que sea. Es como resolver un misterio, a veces —dijo, con cierto brillo en los ojos—. Te atascas en la búsqueda de una solución, pero cuando la encuentras te sientes como Sherlock Holmes.

Maureen rio.

—¿Qué? ¿Por qué te ríes?

—Ustedes los hombres siempre tienen que tratar de sentirse como algún superhéroe.

—Y ustedes siempre tienen que sentirse como princesas. Además, Sherlock no era ningún superhéroe.

—Si tú lo dices… Quisiera continuar el debate, pero creo que se nos acabó la hora de almuerzo —dijo Maureen, apuntando con el dedo índice a su reloj.

—Excusas, excusas…

Maureen estrechó la mano para despedirse.

—Señor Holmes, ha sido un placer almorzar contigo hoy. Tal vez podamos retomar la discusión mañana.

—Princesa… —contestó Brommer mientras se inclinaba ante ella—. Si deseas, podemos encontrarnos en algún café después de salir de aquí. ¿Te parece bien?

El tono de la conversación cambió de agradable a frío. Sintió como si toda la gente en el comedor lo observara.

—No creo que es buena idea salir con compañeros de trabajo y menos si están casados.

Sin más, dio la espalda y salió del comedor antes de que Brommer pudiera responder. La siguió con la vista hasta que despareció por el pasillo.

—Mierda —se dijo a sí mismo.

Estaba desnudo, sentado en el inodoro de la celda, cuando entraron a buscarlo.

—Apúrate —dijo el guardia rubio, en inglés. Medía un poco más de seis pies, según los cálculos de Eleazar, y vestía un uniforme azul claro parecido al de los policías de la ciudad, solo que encima del corazón decía NCT en letras amarillas y, en la espalda, SEGURIDAD en letras blancas. Su compañero, negro y alto, con la cabeza rapada, esperaba en la entrada a la celda. Ambos estaban armados con macanas y usaban mascarillas. Al parecer, temían que los pudiera contagiar con algo.

—Si me dan un poco de privacidad, tal vez pueda concluir —respondió Eleazar.

—Tienes cinco minutos. Si no has terminado, te llevamos con el culo cagado —dijo el rubio. Entonces se dirigió a su compañero—. Vente, Jeffries.

—¿Qué te he dicho acerca de darme órdenes? —protestó Jeffries, saliendo de la celda—. Tal vez esa mierda te funcionaba allá en Alabama, pero acá no.

—Perdona, viejo —dijo el rubio—, costumbre del Ejército.

—Pues, aquí no eres sargento; solo un pendejo más.

—Está bien, no te alteres. Estoy loco por llevar a éste y salir a fumar —entonces añadió, en voz alta—. ¿Oíste, cabrón? ¡Avanza!

Dos minutos después, Eleazar tiró de la palanca del inodoro. Se puso una bata blanca con una apertura en la parte trasera y unas sandalias.

—Listo —dijo.

Caminaron en fila hacia el laboratorio; Jeffries al frente, seguido por Eleazar, y el rubio en la retaguardia.

Aunque le gustaba la comida, el resto era igual a cualquier prisión, pero aquí el único prisionero era él. No había visto ningún otro y tampoco había notado otras celdas. Había más laboratorios y cuartos con máquinas extrañas, pero las únicas personas que existían allí eran los guardias, el científico y él. Por primera vez en décadas, le hacía falta ver otras personas. Extrañaba ver gente tanto como añoraba los rayos del sol.

Creía que llevaba dos días allí, pero no estaba muy seguro. Era como vivir en una cueva, pero con paredes lisas y blancas.

Llegaron al laboratorio y, al igual que las demás veces, los guardias esperaron a que se acostara en la camilla para amarrarle todas las extremidades con unas correas de cuero grueso. No valía la pena intentar zafarse.

Los guardias abandonaron el laboratorio, confiados en que no podía escapar. Su único entretenimiento era mirar la lámpara fluorescente en el techo mientras esperaba a que el científico le diera la gana de comenzar.

Después del primer día, no habían hablado más. Mejor dicho, el científico no había hablado más, excepto para ladrarles órdenes a sus subordinados, a quienes trataba como esclavos. Los insultaba, amenazaba y poco faltaba para que los golpeara. Sin embargo, era gentil con Eleazar.

Había tratado de averiguar dónde estaba y qué querían encontrarle, pero jamás recibió contestación. El inglés solo le sacaba sangre, que examinaba a través de su microscopio, salía del cuarto y, al rato, repetía el procedimiento. Más tarde, desaparecía y Eleazar se quedaba esperando hasta que los guardias lo escoltaran a su celda.

Después de media hora, el viejo entró. Se acercó a la camilla y, con los brazos cruzados, observó a Eleazar.

—Fíjese —dijo el científico—, primero pensé que no se contagió con el virus. Sin embargo, no ha sido así. No solo se contagió, sino que el virus aún está presente en su sangre.

—¿Sus pruebas no revelaron nada? —preguntó Eleazar, curioso. Siempre quiso saber qué le revelaría una examinación. Sin embargo, sabía que no podía correrse el riesgo de confiar en algún médico. Ahora, a la merced de

41

estas personas, quizá podría satisfacer su curiosidad. Tal vez, hasta encontrar una explicación que lo ayudara a ser libre al fin.

El científico vaciló antes de contestar.

—Nada útil. Quisiera quedarme con usted hasta averiguar cómo ha sucedido esto, pero ya me han ordenado sacarlo de aquí —dijo el viejo.

—¿Me van a dejar ir? —Eleazar no podía contener la sorpresa en su pregunta—. ¿No les preocupa que los delate?

—Hemos tomado precauciones.

El viejo buscó en una de las gavetas de su escritorio y regresó con una jeringuilla en la mano.

—Espero que pueda perdonarme. Pero, las circunstancias están en su contra y esto es más grande que usted. No se preocupe; no sentirá nada… —introdujo la aguja en el brazo izquierdo de Eleazar. Sintió ardor mientras el líquido corría por sus venas.

El viejo guardó la jeringuilla y tomó anotaciones. Antes de salir del cuarto, se detuvo a observar a Eleazar.

Se le olvidó el ardor cuando comenzó a sentir sueño. Apenas podía concentrarse. Abría y cerraba los ojos; los párpados, juntos por más tiempo cada vez. Logró un pensamiento claro: "Otra vez no…".

El viejo miró su reloj y tomó el pulso de Eleazar.

—Diez minutos de más…, curioso —murmuró.

Soltó la mano flácida de Eleazar e hizo una llamada desde el teléfono al lado de la puerta:

—Uno para desecho.

No esperó contestación para enganchar.

XVIII.

No dejó mensaje hasta el tercer intento de comunicarse con Sandra. Brommer detestaba las contestadoras automáticas. Su comportamiento con Maureen le afectaba la conciencia. Se dijo que estaba jugando, que no dejaría que pasara nada, pero se mentía: dada una oportunidad, la aprovecharía. Además, hacía tiempo que no sentía que podía atraer a una mujer. Hablar con Maureen lo hacía sentirse más confiado.

Tres mil millas lejos de su hogar, se dio cuenta de que en esos cuatro días Sandra no le había hecho falta. Ahora no contestaba. ¿Dónde estaría? ¿Y con quién? Casi pudo sentir cómo sus inseguridades suplantaban su confianza recién adquirida.

Dejó su mensaje:

—Hola, mi amor. Solo para saber cómo estabas. Te amo.

"Mi amor" y "te amo" eran frases que se habían convertido en rutina. ¿Sería normal? Porque fuese rutina, no significaba que no sentía lo que decía.

Era temprano aún y no quería quedarse atrapado en la habitación. Bajó al vestíbulo del hotel, con el pelo aún húmedo, producto del baño apresurado que se había dado.

No sabía qué podía hacer. Consultó con uno de los botones, un joven negro, de baja estatura, pero corpulento, que solo sonreía cuando se le acercaba un huésped.

—¿Sabes de algún lugar donde pueda divertirme? Que no sea turístico, por favor —dijo Brommer.

—¡Hombre, Pioneer Square! Hay de todo allí. ¿Te gusta el *rock*? Hay un lugar para ti. ¿El *jazz*? Hay uno que lo tiene en vivo. ¿Te gusta bailar? Hay tres lugares con distintos tipos de música bailable. ¿Le consigo un taxi?

—Por favor.

Media hora después, se encontraba entre la muchedumbre de Pioneer Square. El aroma de la comida de los diferentes restaurantes y barras se mezclaba con los olores del Estrecho de Puget y las emisiones de los automóviles.

El aire frío le recordaba lo diferente que era esta ciudad a San Juan. La temperatura más fría de la capital sanjuanera se consideraría un verano candente en Seattle. La humedad del cabello parecía congelarle la cabeza.

La gente salía de una barra para entrar en otra. Brommer se mantuvo en una esquina mientras decidía a cuál entrar primero. Los universitarios, de seguro fraternos, vestían camisas *Polo* o *Tommy Hilfiger* y mahones ajustados. La mayoría entraba en las barras donde las bandas tocaban música popular de los ochenta. Uno que otro se aventuraba a las barras de *jazz* o *rock*.

Caminó hacia el sonido del bajo y del saxofón, donde la gente parecía pasarla mejor. Era un lugar oscuro, excepto por las luces que alumbraban el escenario. La mayoría de las personas estaban atentas a la música. Muy pocos hablaban mientras la banda tocaba. Brommer abrió camino hacia la barra y pidió una cerveza.

—¿Cuál? —preguntó la camarera señalando una lista detrás de ella.

Brommer nunca pensó que habría tantas cervezas diferentes en el mundo, mucho menos en una sola barra. Escogió una al azar y pronunció el nombre lo mejor que pudo. Mientras esperaba, encontró los ojos verdes de Maureen en la multitud.

Brommer pagó la cerveza y se dirigió hacia ella.

Tenía un suéter negro que combinaba con sus botas de tacos finos del mismo color. Los mahones azules ajustados mostraban la figura que la bata de científica escondía en el trabajo. El maquillaje minimalista acentuaba el cambio de facha.

—Maureen —dijo.

Los ojos verdes tardaron en registrar quién la llamaba.

—¿Qué haces aquí?

—El botones del hotel me recomendó el lugar. Qué casualidad, ¿no? —dijo Brommer—. Creo que no hubiese permanecido aquí mucho más. No conozco a nadie.

Maureen parecía mirar a través de él, en silencio.

—Oye, perdóname por lo del almuerzo. No fue mi intención sugerir que saliéramos a un encuentro romántico, ni nada por el estilo —suplicó Brommer y estrechó la mano. Sufrió mientras esperaba a que Maureen aceptara su disculpa. Por fin sintió la mano de ella en la suya. Ya estaba a punto de darse por vencido y salir a toda prisa del lugar.

—Disculpado —dijo Maureen— pero si detecto la más mínima intención deshonesta…

—De hacer tal cosa, te autorizo a darme una paliza.

—Cojo clases de *kick boxing*, ¿sabes?

—¿De veras?

—Pórtate mal y averiguarás.

Decidió que sería mejor no averiguar; no parecía una broma.

—Bueno, ¿cómo va la guerra contra las aves? —preguntó Brommer.

—Digamos que interesante. Hoy logré comparar el virus aviario con una muestra de la gripe española.

—¿Se desató una epidemia allí?

Maureen rio, como si Brommer hubiese dicho un chiste.

—Casi un siglo atrás. Y no fue solo en España; fue en todo el mundo. Por eso se le dice *pandemia*. Esa fue la peor. En dieciocho meses mató a más personas que las que el sida ha matado en veinticinco años. Se estima de unas cincuenta a cien millones de personas.

—Primera vez que lo oigo.

—No me sorprende. Como pasó a finales de la Primera Guerra Mundial, los medios apenas le hicieron caso. Al principio, al menos. En España se le prestó más atención, porque era un país neutral. Por eso se le conoce así, aunque afectó al mundo entero.

—Y, ¿qué pasó? ¿Encontraron una cura?

—No. Comenzaron a tomar medidas para evitar el contagio. Cerraron cines, escuelas, iglesias..., cualquier lugar donde una multitud pudiese reunirse. La mayoría de los pacientes que recibieron atención médica adecuada sobrevivieron. Eventualmente, desapareció por su cuenta.

—Pero, si desapareció, ¿cómo obtuviste una muestra?

—Gracias a las maravillas de la ciencia. En 1998, se recobró una muestra del virus de un cadáver que había permanecido congelado en una aldea abandonada en Alaska. Según sé, el 85% de los residentes del pueblo murió a causa de la Gripe.

—¿No te da miedo trabajar con algo tan peligroso?

—Créeme, tomamos todas las precauciones posibles, por más exageradas que parezcan.

—Aun así, no me gustaría tener tu trabajo —dijo Brommer. Se sintió incómodo al pensar que Maureen pudiera estar contagiada sin saberlo. Mientras más discutían el tema, menos encanto le encontraba a la microbióloga—. ¿Qué encontraste al comparar los dos virus?

—Nada aún. Apenas comienzo a trabajar en este proyecto. Pero mañana será otro día. Hablando de mañana —añadió mirando su reloj—, es hora de irme. Deberías hacer lo mismo.

—Tienes razón —contestó Brommer. Quería llegar a su habitación y bañarse. La conversación le había dado una reacción similar a la picazón que se siente cuando se habla de piojos.

Fueron afortunados al encontrar dos taxis a la vez. Maureen extendió la mano para despedirse y Brommer vaciló antes de aceptarla. Guardó la esperanza de que su reacción pasara inadvertida.

Poco después estaba en su habitación, decepcionado de no haber recibido un recado de su esposa.

No podía conciliar el sueño. Pensaba en los quehaceres de Sandra, la extraña compañía para la cual trabajaba, los virus extraños... Sobre todo, deseaba regresar a su casa.

Aunque estaba consciente, no veía nada. Trató de tocarse los ojos para saber si los tenía abiertos, pero algo le impedía el movimiento de los brazos. Estaba seguro de que no estaba amarrado; era como si estuviese arropado de pies a cabeza.

Estaba desorientado, pero de manera familiar. Casi esperaba oír una voz decirle "Ven fuera".

Parpadeó para confirmar que tenía los ojos abiertos. Sabía que aún le funcionaba la visión, aunque la oscuridad fuera absoluta. Trató de abrir los brazos como si fueran alas. Tenía un poco de espacio, así que dobló el codo, manteniéndolo pegado al cuerpo para tocarse el rostro. Después de un poco de esfuerzo, sintió su dedo índice en la punta de la nariz. Viró la palma de la mano hacia arriba y sintió la textura del material que lo envolvía: plástico. ¿Una bolsa?

Intentó romper lo que lo envolvía empujando hacia arriba con los brazos. Apenas pudo extenderlos a un pie del cuerpo. Parecía estar dentro de un espacio limitado. Repitió la acción varias veces, hasta que en el cuarto intento sintió una cremallera. Con el dedo índice siguió el metal hasta donde Eleazar esperaba que comenzaba la unión entre la cremallera y lo que suponía que era una bolsa.

Había un hueco pequeño por donde forcejeó para introducir el dedo. Después de varios intentos lo logró y comenzó a bajar la mano frente a su cuerpo, como si dibujara una línea vertical con el dígito. La envoltura se abrió, pero aun así la oscuridad permanecía.

Exploró con las manos y piernas hasta estar bastante seguro de que se encontraba en algún tipo de ataúd. Comenzó a pensar que lo habían enterrado.

—¡Mierda! —dijo. Entonces gritó—: ¡Odio que me entierren!

Desesperado, golpeó el techo del pequeño espacio con los puños. Desistió cuando sintió dolor en los nudillos.

Harto de todas las prisiones, encerramientos y celdas en tan poco tiempo, comenzó a patear como niño malcriado.

Cuando sintió que el ataúd se movía en el eje horizontal, se detuvo. Puso las palmas de las manos en el techo de su prisión y empujó hacia arriba para conseguir tracción. Respiró profundo y dirigió la fuerza de los brazos hacia su cintura con todas sus ganas.

Estaba en una gaveta en un depósito de cadáveres. Al empujar con tanta fuerza, abrió el cajón hasta que las ruedas debajo de este llegaron al final de los rieles. El paraje repentino y la inercia causaron que Eleazar hiciera una pirueta involuntaria y cayera bocabajo a las losetas blancas del cuarto. Creyó que todo el aire que tenía en los pulmones se le había escapado y tardó en levantarse.

Al fin se puso de pie. Estaba desnudo. Había emergido de la segunda gaveta de cinco, contando del piso hacia arriba. La pared entera estaba dedicada al almacenaje de cadáveres, ya que había cincuenta cajones iguales al suyo.

—Al menos estaba cerca del piso —murmuró.

Había una puerta en la pared opuesta al depósito y un armario en la esquina. Buscó en el vestuario y nada más encontró una bata de médico y unos zapatos. Se vistió lo mejor que pudo y se dirigió a la salida.

Abrió la puerta lo suficiente como para asomarse. Solo encontró un pasillo vacío. Al final podría ir hacia la derecha o la izquierda. Cerca del final del pasillo, había una cámara en la esquina. No había forma de evitarla. Cerró la puerta. De repente, sintió pánico al pensar que podía haber una cámara en el cuarto. Examinó el techo, pero no encontró nada. Al parecer, no necesitaban observar a los cadáveres.

Tarde o temprano, alguien iba a entrar al cuarto. Si esperaba hasta que eso sucediera, podía atacar a la persona, quitarle la ropa y salir disfrazado. Pero no había garantía de que la persona entrara sola. Además, le faltaba paciencia para el plan.

Saldría y disimularía lo mejor posible. La confianza en sí mismo sería imprescindible para evitar preguntas. Ajustó la bata y se dirigió hacia el pasillo mostrando a la cámara un ángulo de su cuerpo que escondiera sus piernas desnudas. Rogó que el guardia a cargo de vigilar las pantallas del circuito cerrado no prestara mucha atención.

Llegó al final del pasillo y encontró una placa con un pequeño mapa con las salidas de emergencia. Eleazar se detuvo a analizarlo por un momento y entonces dobló a la derecha. Según el mapa, no estaba muy lejos de la salida del edificio. Solo faltaban dos cuartos.

Cuando vio la puerta de emergencia, tuvo que reprimir los deseos de correr. Había una cámara en casi todas las esquinas, pero parecía no haber alertado a nadie, hasta que pasó delante del último cuarto.

Justo al dar un paso frente al penúltimo portal, apareció una mujer de pelo negro y ojos verdes.

Eleazar señaló con el dedo índice para que la mujer mantuviera silencio, pero al soltar la bata reveló su desnudez. La mujer gritó.

XX.

El único aspecto positivo del día era que sería el último en Seattle. Brommer estaba harto de la ciudad, por más bonita que fuera. Siempre había pensado que las ciudades de los Estados Unidos eran como Nueva York u Orlando. Sin embargo, Seattle había resultado ser otra cosa, desde la gente hasta la arquitectura. Además, la concentración más cercana de puertorriqueños parecía estar en Connecticut. Había latinoamericanos de todos los países, excepto Puerto Rico.

El viaje le había quitado las ganas de aventurar. Apenas habían pasado unos días y ya estaba listo para regresar a su casa. También le hacía falta Sandra. Quería saber de ella. Aún no le había contestado su mensaje.

Solo faltaba la última conferencia y partiría hacia Puerto Rico en la madrugada.

Le dio gracias a Dios cuando por fin llegó la hora del almuerzo. De todas las sesiones, esta había sido la más monótona.

Esperó a Maureen mientras almorzaba y se sintió decepcionado al no verla. Quería despedirse; sabía que no volvería a verla.

Estaba a punto de regresar al salón de conferencias, cuando se le ocurrió que podría visitarla en el laboratorio. No le importaba llegar tarde a la segunda mitad de la conferencia. En realidad, consideraba abandonarla por completo y ver algo de la ciudad de día.

Comenzó a preguntarles a los empleados que parecían científicos, pero no obtuvo una contestación positiva. Al parecer, nadie conocía a nadie. Consideró describirla, pero creyó que sería un poco obvio. No quería traerle problemas. Al fin, se dio con una mujer que sabía por quién preguntaba y cómo llegar al laboratorio. Después de unos minutos de explicación, Brommer emprendió camino a ver a Maureen por última vez.

Trataba de recordar si debía virar a la derecha o a la izquierda en el pasillo. Aunque nadie se lo había dicho, sintió que estaba en un lugar inadecuado. Sería mejor virar y olvidarse de despedirse de Maureen, ya que no quería meterse en problemas con algún funcionario alto de la empresa.

De repente, oyó un grito de mujer, y corrió en esa dirección.

Llegó a lo que parecía ser la entrada al laboratorio y se encontró con la cara asustada de Maureen frente a un hombre con una bata blanca.

—¿Maureen? —dijo Brommer.

El hombre semidesnudo se viró para confrontar a Brommer.

Eleazar pensó que podría convencer a la mujer de que no hiciera ruido, pero debido a su poca vestimenta, cualquier esperanza que tenía de salir sin causar alarma fue tronchada. Para colmo, había atraído la atención de este hombre que lo miraba asustado.

—Por favor, solo quiero salir de aquí —dijo Eleazar en inglés.

Despacio, comenzó a retroceder hacia la salida. No parecía que lo fueran a seguir, pero dos guardias aparecieron en el pasillo. Eran los mismos que lo escoltaban de su celda al laboratorio. Corrían en su dirección.

Su primer instinto fue agarrar a la mujer y utilizarla como rehén, pero una mirada a sus ojos verdes fue suficiente para detenerlo. Podía sentir el desafío que radiaba de su mirada. No sería fácil controlarla.

Sin embargo, el hombre mostraba todo lo opuesto: evitaba la mirada de Eleazar y parecía no estar seguro de qué hacer.

Con un movimiento rápido, Eleazar lo agarró por la mano derecha y le dobló la muñeca hacía la palma de la mano, lo que causó que el hombre gritara de dolor.

—Camina conmigo o te la rompo —le dijo Eleazar al oído.

Los dos guardias, macanas en mano, se detuvieron frente a la mujer.

—¿Quién es ese? —dijo Jeffries, el guardia negro.

—Ni puta idea —respondió el guardia rubio. Alzó la macana—. No importa.

—¡No! —gritó la mujer—. Es un empleado. No le hagan daño.

Eleazar aprovechó la distracción para salir del edificio con su prisionero. Se sentía bien no ser la víctima.

Por primera vez en ¿días?, ¿semanas?, pudo sentir la luz del sol. Maldijo no poder disfrutarla al activarse una alarma.

—Ni eso me permites —dijo mirando al cielo. Ignoró la mirada perpleja de su rehén—. ¡Vamos!

Con la pierna derecha, sacó del medio de la salida unas cajas de madera vacías que estaban al lado de la puerta. Continuó la huida buscando hacia dónde ir.

Estaban en el área de carga del edificio, al lado de dos empleados que llenaban un vagón. Tenían uniformes azul claro e ignoraban la alarma. Uno de ellos, de baja estatura y una gorra azul marino puesta al revés, se detuvo a mirar a la pareja que acababa de salir del edificio. Sostuvo la caja que apoyaba con el pecho mientras observó pasar a Eleazar con su rehén.

—Oye, pásame la caja —dijo su compañero, un hombre trigueño de cabello blanco, desde el interior del vagón—. No le hagas caso a la alarma. Suena a cada rato.

—Es que… acabo de ver a dos tipos pasar.

—¿Y?

—Uno de ellos estaba desnudo.

El hombre de cabello blanco salió del vagón para corroborar lo que su compañero había dicho. Miró por los alrededores, pero no vio a nadie.

—Déjate de pendejadas y ayúdame a cargar el maldito vagón, ¿eh?

—No son bromas… Los vi.

—Mira, si te vas a drogar, hazlo cuando no estés trabajando conmigo. No pienso hacer tu trabajo por ti, así que ponte a cargar el maldito vagón. Cuando llegues a tu casa, te puedes meter hasta el dedo si quieres.

—Pero…

—Cajas. ¡Dale!

El hombre de la gorra se dio por vencido y pasó la caja a su compañero.

John Naín estaba, como siempre, muy ocupado. Tenía una reunión con un senador en media hora, seguido por una entrevista con un reportero de *The Wall Street Journal* y una cena de negocios en Nueva York. El avión privado de NCT aún iba camino a Washington y aprovechaba para repasar informes y otros documentos . Leía en silencio junto a la ventana de la cabina de lujo mientras tomaba sorbos de un vaso de soda con limón.

Los empleados más allegados a Naín coincidían en que el hombre era un enigma. Era una figura casi mítica en la empresa y una visita suya a cualquier sede era como la visita de una celebridad. Tenía una oficina en Seattle, pero pasaba más tiempo en el avión. En siete años bajo su mando, había convertido a NCT en una de las empresas más importantes del mundo. Había dirigido a la corporación a negociar contratos con compañías de petróleo, medios de comunicación, transportación, tecnología, ciencia, medicina... La lista era demasiado larga para recordar. Además, tenía acciones en la mayoría de las compañías más importantes del mundo. Salía a menudo en televisión y en los periódicos, usualmente junto a un político o presidente de alguna nación.

Gerard Rizzi, su asistente, revisaba el itinerario del resto de la semana en el asiento opuesto. Coordinaba la vida pública y privada de su jefe. Recibía todas sus llamadas, hacía arreglos para sus comidas y era el enlace principal entre Naín y el resto del mundo. Fue escogido para el puesto desde el comienzo de la administración de Naín y era su mano derecha. La posición le otorgaba un respeto aceptado por el resto de la empresa, con la excepción de una persona.

Era un hombre de baja estatura, de tez pálida con cabello lacio castaño. Por ser homosexual, algunos en la empresa hicieron comentarios poco halagadores sobre su relación con el jefe, aun en una ciudad liberal como

Seattle. Poco a poco, hizo arreglos para que los autores de las calumnias desaparecieran de NCT. Ya nadie se atrevía a mencionar el tema.

El timbre del celular de Rizzi no causó molestia alguna en Naín; estaba acostumbrado a que sonara a cualquier hora. En realidad, estaba sorprendido de que no hubiese recibido ninguna llamada antes. Había sido un día bastante tranquilo.

—¿Sí? —contestó Rizzi—. Ah, doctor Stallworth. No sabe cuánta alegría me da escuchar su voz.

Naín apartó la vista del libro para observar a su asistente. Por años había tratado de que sus dos empleados más importantes limaran las asperezas, sin éxito. Eran dos personalidades conflictivas. Casi disfrutaba de los intercambios entre ellos.

Esperó mientras Rizzi atendía la llamada.

—Pero ¿es importante? No tiene por qué insultarme… ¡Váyase al diablo, doctor!

El asistente tapó el teléfono con la mano para prevenir que Stallworth oyera lo que iba a decir.

—John, es Stallworth.

Rizzi era la única persona en toda la empresa que llamaba a Naín por su nombre.

—Me di cuenta —respondió Naín con una sonrisa.

—Dice que hay problemas con Proyecto Gea.

La sonrisa del presidente de NCT desapareció e hizo un gesto para que Rizzi le pasara el teléfono.

—¿Qué pasó, doctor? Veo… Sí, muy bien. Me llama tan pronto lo encuentren. ¿Cómo se llama? Muy bien, sigue todo como planificado. Gracias —Naín finalizó la llamada.

—¿Algún problema, jefe?

—El conejillo de Indias del doctor se ha escapado. Debes recibir su informe pronto —contestó señalando al teléfono—. No afectará nada, pero es mejor atar los cabos sueltos. Quiero que averigües todo acerca de un tal Ernesto Brommer. Es un empleado de la planta en Puerto Rico.

También necesito que te comuniques con la Policía de Seattle.

—¿Qué les digo?

—Que buscamos a la persona mas afortunada del mundo. Espera a que llegue el informe del doctor y sabrás qué decirles.

Mientras Rizzi comenzó a hacer las llamadas pertinentes, Naín trató de volver a concentrarse en su lectura, pero estaba perturbado por esta arruga en el Proyecto. Tan bien que iba el día, pensó.

XXIII.

Estaban hasta las rodillas en aguas residuales en el sistema de alcantarillados de la ciudad. Su rehén, mareado por la peste de los excrementos, había vomitado tantas veces que el estómago ya no tenía nada: abría la boca y no regurgitaba.

Por su parte, Eleazar no parecía estar afectado por la situación. Halaba al prisionero del brazo para continuar su huida.

—Si no paras de vomitar, jamás saldremos de aquí —dijo Eleazar—. ¡Vamos!

—¿Cómo puedes soportarlo? —preguntó el rehén, entre tosidos.

—Es mierda nada más. Hay peores olores —respondió, aunque, en realidad no recordaba oler nada peor. No dejaría que lo detuviera.

Encontrar la apertura hacia los alcantarillados había sido un golpe de suerte. Había mandado a su rehén a abrirlo y después le ordenó que descendiera primero. Consideró dejarlo, pero no quería arriesgarse a que delatara la ruta de escape. Ahora estaba obligado a seguir con él, por lo menos hasta que llegaran a un lugar más adecuado. Si lo abandonaba aquí, de seguro moriría ahogado en las aguas negras. No era que le importara mucho si moría o no, pero esa no era manera de hacerlo.

Seguían el declive del túnel, ya que las aguas corrían en esa dirección, con la esperanza de que pronto encontrarían por dónde salir.

Las ratas, la asquerosidad y la sensación de estar perdido hicieron que el prisionero sufriera de un temor y un asco extremos. Cuando trató de soltarse de su agarre, Eleazar debió calmarlo con un puñetazo en la cara. El prisionero se tornó sumiso después del golpe. Eleazar no quería pasar el resto de la travesía a puñetazos, así que optó por otra táctica para tranquilizarlo.

—¿Cómo te llamas?

—Ernesto Brommer —respondió. Tenía la mano izquierda en donde Eleazar le había pegado.

—¿Brommer? —dijo Eleazar, sorprendido. Hacía tiempo que no escuchaba ese apellido—. ¿De dónde eres?

—¿Qué te importa?

—Olvídalo. No es importante. Es que no es un nombre muy común. Conocí a alguien de apellido Brommer una vez, pero era polaco. Me estuvo raro, nada más.

—Mi tatarabuelo era polaco. Luego se mudó a Puerto Rico, en busca de su fortuna. No le fue muy bien, que digamos. Murió de malaria a los dos meses de llegar. Por lo menos, así me dijo mi madre.

—¿Cómo se llamaba tu tatarabuela?

—¡Qué sé yo! De todos modos, ¿qué importa? ¿Me vas a dejar ir porque tenías un amigo con mi apellido?

—No era amigo mío —contestó Eleazar. Pausó unos instantes antes de hablar otra vez, como si recordara algo—. Bien, Ernesto. Necesito que entiendas que te voy a dejar ir, pero no puede ser ahora —hablaba como si tratara de convencer a un niño—. No creo que dures mucho solo.

Brommer no respondió.

—Bueno, a lo mejor no dures mucho acompañado tampoco… —murmuró Eleazar—. Te voy a soltar y espero que me sigas. Si no, tendrás que arreglártelas solo.

El rehén asintió con la cabeza y siguió al captor en silencio.

Caminaron así por casi dos horas. Eleazar comenzó a desesperarse, pero mantuvo su compostura. No quería intranquilizar a Brommer más de lo que estaba. Temía que comenzara a llover en la superficie, ya que causaría la inundación de los alcantarillados. Seattle era una ciudad famosa por la lluvia.

Cuando vio los escalones, sintió alivio. Las varas de hierro parecían oxidadas, un hecho que encontró raro. Debían ser bastante viejas y no estaba seguro de que aguantaran su peso. Pero estaba ansioso por salir de allí.

Eleazar subió primero, seguido por su prisionero. Algunos de los escalones se habían aflojado de la pared, pero aun así aguantaron el peso de los dos. Al llegar a la cumbre, Eleazar se aferró a un escalón con una mano, mientras abría la tapa de la alcantarilla con la otra. Tuvo que golpear la tapa de hierro varias veces para abrirla. Las orillas se habían oxidado y parecían fundirse al concreto.

Con la mano adolorida, se alzó por la apertura y respiró profundo en la oscuridad. Era agradable poder respirar sin sufrir náuseas. Luego, Brommer sacó la cabeza por la apertura y en poco tiempo descansaban en el piso.

—No me dijiste tu nombre —dijo Brommer.

—¿Para qué? Pronto podrás seguir tu rumbo.

—Cierto —era obvio que no le había gustado la respuesta.

—Eleazar.

—Nombre raro.

—Es antiguo. Antes era mucho más común.

Recostado boca arriba, Eleazar cerró los ojos. Solo unos minutos, pensó.

—Oye —Brommer le interrumpió el sueño—. ¿No se supone que estemos en alguna calle de la ciudad?

—Sí. ¿Por qué preguntas? —dijo Eleazar, con los ojos cerrados aún.

—No hay luces.

Eleazar miró a su alrededor. No podía ver bien, ya que la única iluminación provenía de la apertura de donde salieron.

Parecía una calle deshabitada: había demasiado polvo y telarañas. Las estructuras a su alrededor parecían abandonadas. Más raro aún: no podía verse el cielo.

XXIV.

Los políticos solo respondían a tres cosas: dinero, votos y sus vicios. De vez en cuando aparecía uno que en realidad quería servir a sus constituyentes, pero no duraba. La presencia de Rizzi era lo único que hacía posible que Naín acudiera a este tipo de cena. El ayudante era más hipócrita que ellos: los adulaba, les comentaba lo bien que habían hecho alguna gestión. Sabía cómo hacerlos sentir indispensables.

Sin embargo, por más que los detestara, tenían buen gusto en cuanto a comida se refería. Aún podía saborear la pata de cordero asada y el *rissotto* de calamares. Había sido uno de los platos más deliciosos que había probado.

Ya concluida la sesión de conversación simpática, todos se acomodaban para comenzar la reunión. Rizzi se encargaría de hablar la mayoría del tiempo. Los que no estaban acostumbrados a tratar con NCT se molestaban al principio, pero con el tiempo se daban cuenta de que valía la pena hacer los negocios a la manera de la empresa.

El senador McCollough, de Nueva York, se acomodó en su silla para hablar. Después de cinco minutos de escucharlo, Naín se dedicó a pensar en el problema del Proyecto Gea, mientras Rizzi atendía al senador. De vez en cuando decía "Por supuesto" o asentía con la cabeza. Tenía la mirada fija en el cabello blanco de McCollough. Parecía dulce de algodón y hacía un contraste cómico con sus ojos azules y su rostro rojo. Los capilares de su cara parecían haber reventado hace años, debido al abuso de *whisky* escocés.

Si el senador votaba a favor de NCT, habrían asegurado la aprobación de la mayoría del Senado. Había sido una campaña difícil. Los políticos no querían perder los votos de los fundamentalistas religiosos, pero NCT había contribuido a las finanzas de los legisladores. Varias maniobras de contabilidad habían asegurado la lealtad senatorial.

Rizzi terminó de explicarle el proceso a McCollough y qué se requería de él. Pronto estarían en el avión otra vez, rumbo a Seattle.

El viaje en limosina hacia el aeropuerto fue silencioso, hasta que Naín preguntó acerca del sujeto que se había escapado.

—Nada aún —contestó Gerard.

—¿Lograste averiguar algo del empleado?

—Ernesto Brommer: lleva cinco años en la sede de Puerto Rico como Técnico de Seguridad Informática, casado, sin hijos. Estaba en el adiestramiento de Sistemas. Ya le pasé la foto del archivo a la Policía de Seattle. No debe ser tan difícil encontrar un rostro tan desagradable. A pesar de ser de una isla tropical, parece que no ha visto el sol en años.

—¿Qué sabemos del sujeto? —dijo Naín para ignorar el comentario.

—Un mendigo de la ciudad. Lo encontraron al borde de la muerte unas semanas atrás. Se moría de hambre y sufría de deshidratación, según el reporte. Lo raro es que se recuperó en menos de un día. La mañana siguiente, la doctora decidió que no le hacía falta suero. Stallworth dice que contrajo el virus y no solo sobrevivió, sino que estuvo enfermo por menos de veinticuatro horas.

Naín alzó una ceja.

—¿Stallworth sabe cómo? Porque aun los pocos sobrevivientes de la enfermedad tardan semanas en recuperarse.

—No. Dice que su ADN no muestra nada anormal. No sabe cómo sobrevivió la dosis de cianuro tampoco. Aunque es posible resistir el veneno, debería estar grave de salud. No se explica cómo puede caminar, tan siquiera.

—¿Sigue infectado?

—Stallworth presume que no, pero no sabrá de seguro hasta que termine de analizar las muestras de sangre.

—Hay que localizarlo lo antes posible. No podemos arriesgar que contagie a alguien. Es muy afortunado el mendigo, pero ya debió haber agotado toda su suerte. ¿Cómo va el resto de Gea?

—Los tres turnos trabajan día y noche. Logramos recuperar muchas muestras.

—Bien. El tiempo está en nuestra contra. Más aún si Stallworth está equivocado acerca de este hombre.

—El doctor apenas se equivoca, John.

—Ya se ha equivocado lo suficiente con el mendigo. Más que suficiente para mi gusto.

Mientras el avión se preparaba para despegar, Naín reclinó el asiento. El sueño hizo que dejara de pensar en la suerte de algunas personas.

XXV

Sin duda, este tenía que ser su año más desafortunado en mucho tiempo. Después de todo lo que le había ocurrido en esta ciudad, decidió que jamás volvería a Seattle. Claro, primero debía salir del maldito lugar, pensó Eleazar.

Lo peor era su prisionero: se quejaba de todo. Estaba listo para soportar protestas, pero jamás imaginó que Brommer resultaría ser tan irritante. Se quejaba hasta del polvo en la atmósfera. Cuando Eleazar notó que usaba un anillo de matrimonio, apenas pudo creer que hubiera encontrado una mujer que lo soportara; o peor aún, que algún día pudiera procrear. Casi le haría un favor al resto de la humanidad si lo abandonaba en las catacumbas donde se encontraban.

Cuando primero salieron de las alcantarillas, estaba confundido, porque no pudo dar con la superficie. Luego, recordó que, después de un fuego que arrasó con la ciudad a principios del siglo pasado, los habitantes de Seattle la reconstruyeron encima de la urbe antigua. A pesar de los daños, muchas estructuras se habían preservado bien durante poco menos de un siglo.

Estarían seguros en la ciudad soterrada, pero deberían esperar la salida del sol antes de buscar acceso a la superficie. Estaba demasiado oscuro para encontrarla. La espera no sería tan mala, pensó Eleazar, si Brommer pudiera permanecer callado por más de cinco minutos. No contaba con ese tipo de suerte.

—Creo que hay ratas —dijo Brommer.

—Es normal. Estamos al lado de los alcantarillados. ¿Recuerdas?

—Pero nos pueden morder y jamás las veríamos.

—Eres varias veces más grande que cualquier rata, Ernesto. Además, sus mordidas apenas duelen.

—Pero, me puedo contagiar con alguna enfermedad.

—Pues, ve a un médico cuando salgamos. Por favor, duerme un rato. Te despertaré cuando se pueda ver algo.

—¿Dormir? ¿Con ratas? ¿Estás loco?

—Ernesto, ¿quieres que te arroje al alcantarillado? Me harta tanta queja.

Hubo silencio, al fin, y Eleazar confiaba en que permanecería así por un tiempo. No pasaron cinco minutos, cuando Brommer habló otra vez:

—¿No te importa que puedas enfermarte?

—Acabo de sobrevivir a una enfermedad mortal y a un atentado de un médico loco. Honestamente, ¿crees que le temo a una mierda de rata? —contestó Eleazar.

—Bah. No quiere decir que no puedas enfermarte otra vez. De todas formas, no quiero que me muerdan.

—De seguro las ahuyentaste con tu lloriqueo.

Aunque la respuesta calló a Brommer, la paz de Eleazar no duró mucho.

—Oye, ¿qué vas a hacer cuando salgas de aquí?

—¡Por Dios, cállate! ¡No sé! Alejarme de ti lo más posible.

—La Policía debe estar buscándote, ¿sabes? El FBI, también… El rapto es un delito federal.

—No creo que les convenga alertar a las autoridades. Algo muy raro y muy ilegal está sucediendo en esa compañía.

—¿Por qué no vas a las autoridades? —preguntó Brommer.

—Es como estar con un niño pequeño —murmuró—. No puedo explicarte. No me creerías. No me iría muy bien con la Policía.

—Algo habrás hecho…

—Todos hemos hecho algo, pero nadie se merece esto.

Los dos hombres permanecieron en silencio. El temor a las ratas no permitió que Brommer durmiera, y Eleazar se mantuvo despierto para hacer guardia. Horas después, la luz del día se coló entre los escombros de la ciudad abandonada.

—Ven. Podemos encontrar una salida ahora. Busca hacia allá —Eleazar apuntó a la derecha de Brommer—. Yo trataré por acá.

La iluminación provenía de un tragaluz en el techo. Parecía una cuadrícula de concreto con sus cuadros rellenos de cristal grueso. Era demasiado alto para alcanzar y, de no serlo, su construcción impediría cualquier escape a la superficie. De vez en cuando, algún peatón opacaba la luz al caminar por encima de los pequeños cuadros de cristal.

Viejos letreros oxidados indicaban lo que habían sido unos baños de vapor, el mercado de carnes y lo que fue un hotel alguna vez. Las fachadas de los negocios estaban elevadas del piso que se había hundido a lo largo de las décadas. Paredes y columnas de ladrillo eran enmarcadas con madera vieja y, en algunos casos, podrida. La construcción del techo, sin embargo, utilizaba materiales más modernos: vigas de acero le daban soporte al hormigón que tapaba lo que había sido una acera al aire libre en el siglo pasado.

Buscaron entre las tablas sueltas y los antiguos negocios vacíos. Brommer, aún temeroso de las ratas, trataba de no tocar nada. Eleazar echaba a un lado la madera vieja y la basura, lo que causaba un revuelo de polvo visible en los rayos del sol. Las ratas chillaban en busca de otros escondites ante el desplazamiento causado por los dos hombres.

—¡Ernesto, acá! —era una escalera de hierro cuyos escalones eran parte de la pared. Eleazar la notó solamente por una pequeña raya de luz que iluminaba el techo.

Brommer caminó hasta su captor, aliviado de haber encontrado lo que parecía ser el fin de su odisea. Ya se podía imaginar en la habitación del hotel, sumergido en la bañera con agua caliente y espumosa.

—Sígueme —dijo Eleazar mientras comenzaba a trepar los escalones. Se preguntó de dónde salían las gotas de agua que bajaban por la pared.

Cuando logró alcanzar el techo, trató de abrir la escotilla, sin éxito.

—Debe tener algo encima —comentó Eleazar, mientras trataba de empujar con más fuerza—. Voy a darle un último empujón, pero creo que vamos a tener que buscar algo para apalancarla.

—Creo que vi un tubo roto abajo. ¿Lo busco?

—Dame un momento —Eleazar se agarró del último escalón con una mano y puso la otra en la escotilla, a la vez que acomodó los dos pies en una sola vara de hierro. Estaba agachado para empujar con la fuerza de sus piernas.

Al flexionar las rodillas, el escalón donde tenía los pies cedió. Eleazar perdió el equilibrio y se vino abajo de repente, sin oportunidad para agarrarse y prevenir su caída. Brommer miró hacía donde había escuchado el ruido provocado al romperse el escalón y cerró los ojos al llenárseles de polvo. En pleno vacío, el cuerpo de Eleazar parecía más bien un maniquí que un ser viviente, hasta parar súbitamente encima de los escombros. Se escuchó un sonido repulsivo que causó que Brommer mismo, aún con los ojos cerrados y aferrado a la escalera, sintiera el dolor del impacto.

—¿Estás bien? —preguntó Brommer, mientras bajaba para ayudarlo. No obtuvo respuesta.

Encontró a Eleazar bocabajo. Un pedazo de madera puntiagudo le atravesaba la espalda. Jamás había visto a alguien con una herida tan grave. No se atrevía a tocarlo, tanto por el temor a hacerle más daño como por el asco que le causaba. Vacilaba en averiguar si Eleazar aún estaba vivo, cuando oyó el quejido de su captor.

—Ernesto —susurró dolido—, me duele el estómago.

—Ti-tienes un… —no pudo continuar.

Eleazar trató de virarse para inspeccionar el daño causado por la caída, pero solo tuvo fuerzas para quejarse. Tenía el pecho y la bata blanca cubiertos de sangre. Logró mover el cuello para ver de dónde venía tanto dolor.

—Ah. Por poco sale por completo —dijo, un poco más recuperado y refiriéndose al pedazo de madera. Por donde lo había perforado, solo una pequeña parte de la cruda lanza era visible—. Escúchame, Ernesto. Te voy a pedir algo que te va a costar, pero es necesario hacerlo. ¿Me escuchas?

Brommer asintió con la cabeza, lentamente.

—Bien —dijo Eleazar—. Quiero que hales la jodida tabla hasta que salga por completo. Voy a gritar, pero es mejor sacarla ahora. Después sería más doloroso.

—Te vas a desangrar… Tienes que ir a un hospital— respondió Brommer; al fin recuperaba la voz.

—No voy a necesitar un hospital. Solo que me saques esto.

—Puedo salir y buscar ayuda…

—No —interrumpió Eleazar—. Haz lo que te digo. He sobrevivido a cosas peores.

Brommer miró al hombre herido. Aunque su rostro mostraba dolor, también lucía cierta calma que no podía comprender. ¿Cómo quedarse tan sereno con semejante herida? Sin pensarlo demasiado, comenzó a agarrar la madera, curtida de sangre. Las manos le resbalaban. Buscó a su alrededor y encontró un pedazo de tela cubierto de basura, que le serviría para sujetar la tabla con firmeza. Asqueado, agarró el trapo y lo envolvió alrededor de la estaca. Con las dos manos haló la lanza, pero se detuvo al escuchar el grito de Eleazar.

—Sigue —Eleazar sudaba y sangraba por las comisuras de la boca. Su agonía era obvia—. Ignora mis gritos. Confía en mí.

Brommer intentó de nuevo. Esta vez, puso su pie derecho en la espalda de Eleazar para ejercer fuerza en dirección contraria. Por su parte, el herido hizo lo que pudo para no gritar, pero no pudo evitarlo.

—¡No pares, hijo de puta! —gritó Eleazar.

De pronto, la lanza atravesó por completo al cuerpo de Eleazar, lo que causó que Brommer cayera hacia atrás.

Sacudiéndose, Brommer se levantó a inspeccionar a Eleazar. Estaba seguro de que lo había terminado de matar. Al acercarse, pudo notar que aún respiraba. Con el mismo trapo que había usado para sujetar la tabla, Brommer intentó aplicarle presión a la herida.

Quedó atónito cuando vio que, aunque el área del estómago estaba cubierta de sangre, no había herida.

—¡Ea, puñeta! —fue lo único que se le ocurrió decir.

XXVI

Aunque no pasara mucho tiempo en su oficina, a Naín le encantaba estar allí porque se sentía con mayor control de todo. Los teléfonos, las computadoras y el correo electrónico permitían que su centro de mando estuviese con él todo el tiempo. Sin embargo, nada podía sustituir estar en lo que consideraba su trono.

Había escogido cada artículo de la decoración: las antiguas espadas, los viejos mapas y los tomos de historia y política, tanto recientes como preservados en cajas de cristal. Tenía su mansión en las afueras de la ciudad, pero la oficina era su verdadero hogar. No era inusual que se quedara a dormir en la habitación aledaña (uno de los primeros cambios que hizo a la oficina) varios días de la semana.

A través de la ventana observaba cómo despertaba la ciudad. Sabía que era sábado por la cantidad de tráfico que había en la calle: menos automóviles que un viernes, pero más que los domingos.

Desayunó mientras leía el periódico.

—¿Ocupado? —preguntó Rizzi, al entrar.

Sin apartar la vista del periódico, Naín contestó:

—No. Pasa, Gerard —cerró el periódico y alzó la mirada hacia su asistente—. No han aparecido, ¿verdad?

—Nada aún. Será un mendigo, pero es astuto. Escapó por los alcantarillados. Cuando a nuestros hombres se les ocurrió buscar allí, había desaparecido. De todas formas, tenemos dos equipos allá abajo.

—Bien. Hay que evitar que tengan contacto con alguien. Una vez salgan de allí, los encontraremos por la peste —sonrió Naín—. ¿Qué dice Stallworth?

—Está intolerable. Debe ser la ansiedad. Está muy preocupado. Busca información cada hora, por si dejan rastro en algún lugar. No deja que nadie le hable y me sacó hasta a mí de su oficina mientras me gritaba una hemorragia de obscenidades. Siempre pensé que los ingleses eran más refinados.

—Ves demasiadas películas. Pueden ser muy ocurrentes a la hora de insultar a alguien. Ya se le pasará. Me encargaré de todas las comunicaciones con él, hasta que vuelva a tener modales. ¿Algo más?

—No.

—Me dejas saber si hay algún acontecimiento. Creo que me acostaré un rato.

—John, ¿te puedo hacer una pregunta?

—Acabas de hacerla, ¿no?

—¿Por qué no vas a tu casa? Estarías más cómodo allá.

—Tal vez. Pero me siento más tranquilo aquí; como si hiciera algo.

—Como desees, entonces. Yo sí me voy a casa. Te llamo, si sucede algo.

—Algo siempre sucede. Lo importante es hacer las cosas suceder.

—Sin duda —dijo Gerard y se retiró.

—Sin duda… —repitió Naín, a solas—. Quisiera que no tuviera ninguna.

Sería el mejor momento de toda la historia. Pensó en Julio César, Napoleón, Alejandro Magno, Ahuízotl y Pachacútec. ¿Alguna vez habrán dudado de lo que hacían? Sacudió la cabeza para dispersar esos pensamientos. Tenía que confiar en sus acciones. Además, ya era demasiado tarde para arrepentirse.

XXVII.

Ji'shu estaba ansioso por llegar a su casa. Pedaleaba la bicicleta con toda la fuerza que el cuerpo le permitía. Quería estar listo para la llegada de Zi'xuan el día próximo. Llevaba un año en la Universidad de Washington en Seattle, metido de lleno en sus estudios de Bioingeniería. Ji'shu no estaba muy seguro de qué era lo que su primo estudiaba. Pensaba que sería algún tipo de médico. Sería bueno verlo otra vez, después de tantos años.

Desde lejos, pudo ver a Kuang correr para recibirlo. Ji'shu estaba asombrado por la velocidad con la que corría el muchachito de tan solo seis años. Había escuchado que ningún otro niño en el vecindario podía ganarle en una carrera. Cuando cumpliera los dieciséis, lo inscribiría en el equipo de pista y campo nacional; el Gobierno chino trataba bien a sus atletas.

Lo abrazó sin contener su orgullo.

—Ve y dile a tu madre que llegué. Tengo hambre.

Guardó la bicicleta en el garaje pequeño al lado de la casa y puso sus botas en la entrada después de sacudirlas. Luego de saludar a Zhi'shou con un beso en la frente, aprovechó para bañarse antes de que la temperatura bajara más. Prometía ser una noche fría.

XXVIII

No se atrevía a mirarlo. Brommer comenzó a dudar lo que había pasado, pero el pedazo de tela —al igual que su ropa y la de Eleazar— estaba manchado de sangre.

—Es difícil de aceptar, lo sé —dijo Eleazar. Había decidido buscar otra salida antes de intentar remover el obstáculo encima de ellos por segunda vez. Tendría que hacerlo solo, ya que Brommer no se movía de la esquina donde estaba sentado. No había dicho nada desde que vio cómo la herida de Eleazar se había sanado en cuestión de minutos.

Al menos, logré callarlo, pensó Eleazar.

—Cuando me di cuenta por primera vez —continuó—, no podía creerlo tampoco. Es de las pocas cosas que recuerdo de mi salida de Betania. Un soldado con ganas de imponer su autoridad empujó a una señora que también se iba. Comenzó a patearla, e intervine. El abusador desenvainó su espada y me la enterró en el estómago. Recuerdo gritar del dolor y sé que dijo algo que ya no recuerdo. Huyó, porque sabía que a su superior no le agradaría lo que había hecho. Los demás que presenciaron el acto actuaron como si nada hubiera pasado. No querían meterse en problemas. Permanecí en el piso, creyendo que estaba a punto de morir, hasta que me di cuenta de que ya no me dolía la herida. Grata sorpresa me llevé cuando descubrí que había sanado, sin marca alguna.

Brommer aún no reaccionaba, inmóvil en su esquina.

—¡Por Dios, Ernesto, levántate y ayúdame a encontrar otra salida! ¿O es que prefieres permanecer aquí hasta que mueras de hambre? No te voy a hacer daño.

—P-pero, ¡es que yo te vi!, ¿y la sangre? ¿Cómo?

—No tengo ninguna explicación. Solo sé que, desde que Jesús me revivió, no he podido morir otra vez. Mira que he tratado…

—¿Jesús? ¿El de la Biblia?

—El santísimo hijo de Dios, sí. Es irónico: me sentí tan agradecido cuando volví a la vida. Claro, no sabía lo que me esperaba.

—¿Me quieres decir que conociste a Jesús?

—Éramos como hermanos. Por poco fui su cuñado.

—¿Tú y Jesús?

—Sí, Ernesto. María era mi hermana. Has oído de mí antes. Eleazar: en español, Lázaro. No he vuelto a morir desde que Cristo me dijo: "Sal de ahí", hace nada menos que unos veinte siglos.

—¿Lázaro? Ah —reaccionando al fin, Brommer decidió seguirle la corriente a su captor. Andaba con un demente, de seguro.

—Piensas que estoy loco, lo sé. Pero me has visto sanar. Razona.

Tenía que ser algún truco, pensó Brommer, pero ¿con qué propósito? Nada tenía sentido.

Eleazar se puso la mano en la frente, moviendo la cabeza de lado a lado. ¿Por qué tenía que ser tan difícil de creer? No podía culparlo. No fue hasta después de su primer siglo de vida que comprendió lo que le sucedía y no del todo.

—Ernesto, mira —Eleazar recogió una lata vacía del piso y la dobló hasta partirla. Con el dedo índice, probó cuán afilado estaba uno de los pedazos de aluminio. Luego, miró hacia arriba para mostrar su cuello.

Presionó el filo de la lata al cuello y, de repente, la pasó de un lado a otro. Una línea roja se formó en la garganta, como una sonrisa grotesca.

—¿Qué haces? ¡No! —gritó Brommer. Se levantó para socorrer a Eleazar, pero se detuvo al ver que la herida desaparecía, como si se cosiera sola.

Con el antebrazo, Eleazar limpió la sangre que le manchaba el cuello.

—¿Ahora me crees? —preguntó Eleazar.

—¡Por Dios!

—Supongo que sí.

—Pero ¿no te duele?

—Ya no. Al momento de hacerlo y, aun cuando se sana la herida, sí.

—Ni cicatriza.

—No deja marcas. Mis únicas cicatrices ya las tenía cuando morí la primera vez.

—Entonces, ¿eres un santo con una misión de Dios?

—Créeme, no tengo nada de santo. Esos están muertos. Bah. No y, si tuviera una misión, no la haría.

—Es que, no entiendo. Dios te envió, ¿no?

—Más como que me olvidó.

—¿Olvidó? ¿No es omnipresente?

—Omnisciente, quieres decir. ¡Qué sé yo! La única prueba que tengo de que existe es mi propia existencia y, aun así, a veces lo dudo.

—Pero entonces, todo lo que dice la Biblia es cierto…

Eleazar soltó una carcajada mordaz.

—Estoy bastante seguro de que mi historia es de las pocas cosas verídicas en ese libro. No podían retenerla. Es muy perfecta.

—¿Hubo o no hubo un Cristo?

—Hubo un Cristo, sí. Y, sí, lo crucificaron, pero no revivió. Esos cuentos salieron después.

—Pues, ¿qué haces aquí? Digo, no tienes una misión, no eres santo… ¿Qué haces?

—Lo único que puedo: vivir. No me queda otra opción.

—Pensaría que serías rico, después de tanto tiempo.

—Lo he sido, varias veces. Pero, el dinero atrae atención. Nadie nota a un mendigo.

—No es manera de vivir.

—Hay peores. Mírate a ti.

—¿Qué?

—Eres un esclavo y no te das cuenta.

—¿Esclavo? Y dices haber vivido siglos… La esclavitud se abolió, Eleazar.

—No. Solo se transformó. A ver, ¿haces lo que realmente quieres? ¿No le rindes cuentas a nadie?

Brommer pausó antes de contestar.

—No. Tengo una esposa.

—Y cuentas —interrumpió Eleazar—, y debes mantener tu empleo. Si vives acá, necesitas tu plan médico, tu auto, tu televisor, tu hipoteca…

—¡Ya! Basta. Tengo responsabilidades, sí, pero no soy un esclavo.

—¡Feh! Tienes razón. Ahora son otra cosa. Antes, un esclavo podía adquirir su libertad. Ya ni la muerte los libera de sus deudas.

—¿Sabes? Para ser alguien que ha sido bendecido de tal manera, eres bastante malagradecido.

—¿Bendecido? No hice nada para merecerme este castigo. ¿Sabes lo que es sobrevivir a todos tus familiares, a tus amigos, a tus amantes, a tus hijos: a todo el puto mundo? Pues, yo sí. Por alguna razón, Jesús me condenó de por vida. Y es una mierda. No sabes lo que daría por morir ya.

Furioso, Eleazar lanzó con toda su fuerza lo que quedaba de la lata hacia la pared más cercana. Brommer optó por callar.

—Y no puedo encontrar refugio en nada —dijo Eleazar, casi en susurro—. El alcohol, las drogas: nada tiene efecto. Ni los sueños me alivian.

—¿Es por tu… condición que no quieres acudir a las autoridades?

—Si apenas puedo tolerar la vida ahora, sería mucho peor si me convirtiese en un conejillo de Indias. Ya me pasó una vez y fue pura suerte lo que me ayudó a escapar de aquel calabozo, casi siete siglos atrás.

—¿Calabozo?

—Fue durante la Inquisición. Larga historia...

—¿Qué piensas hacer entonces? ¿Huir durante el resto de tu vida?

Eleazar permaneció en silencio. Luego, contestó:

—No sé, pero no pienso quedarme aquí. Ayúdame a buscar otra salida.

Eleazar comenzó a buscar entre las ruinas y dio a entender que la conversación había concluido. Sin más remedio, Brommer se levantó para ayudarlo.

Había pasado más de media hora cuando llegaron a la conclusión de que la única salida era la que ya habían encontrado.

—Intentaré otra vez —dijo Eleazar.

—Trata de no matarte esta vez.

Decidido a ignorar el comentario, subió la escalera de hierro con cuidado hasta llegar al mismo escalón desde donde cayó. Esta vez se sujetó con fuerza y comenzó a empujar. Podía oír cómo el obstáculo se movía y hasta sentía que la escotilla cedía, pero no lo suficiente. Le pidió a Brommer el mismo canto de madera que se le había incrustado en el estómago. El recuerdo del dolor aún estaba fresco en su memoria. Utilizó la herramienta improvisada con suma cautela, esta vez con efecto. La escotilla abría y podía sentir cómo se deslizaba lo que obstaculizaba la salida. Inspirado por el progreso, empujó con más fuerza hasta que se escuchó desde el techo la caída de lo que parecía ser algún objeto pesado.

Eleazar se asomó para asegurarse de que no había nadie. Intuyó que estaban en el sótano de algún negocio. Un gabinete de archivos yacía en el piso, con las gavetas semiabiertas y papeles regados a su alrededor. Le hizo una señal a Brommer para que subiera también, y continuó la investigación de su paradero actual. Al parecer, el cuarto se usaba como almacén. Estaba repleto de archivos antiguos y artefactos de oficina obsoletos o rotos, todos cubiertos de polvo.

Brommer comenzó a estornudar. No podía controlarse y Eleazar temía que el ruido atrajera a alguien.

—¡Por Dios, Ernesto! Contrólate.

—Es el polvo. Soy alérgico —respondió entre estornudos—. ¿Qué haces? Deja de revolcar toda esa porquería. No voy a poder dejar de estornudar.

—No entiendo cómo el hombre ha evolucionado al punto en que es más pendejo que cualquier animal del Planeta. Alérgico al polvo... Trata de callarte mientras busco aquí. Tal vez haya algo útil.

Había muchos papeles y archivos, pero nada de gran utilidad, con la excepción de un abrigo negro que, al medírselo, le llegaba a Eleazar a las rodillas.

—Pareces un mendigo —comentó Brommer.

—Es mejor que caminar casi desnudo, ¿no crees? Además, es casi como ser invisible. De no ser así, alguien habría notado que tantas personas habían desaparecido de las calles para terminar en el "Caldero".

—¿No crees que haya gente arriba? —preguntó Brommer señalando la puerta de salida al final de las escaleras.

—Es probable. Saldremos de prisa, pero actúa normal.

Brommer siguió a Eleazar por la puerta que daba a una oficina, donde los empleados que trabajaban desde sus cubículos no notaron a la pareja de hombres emerger del sótano. Solo un oficinista sentado al lado de la salida los notó, pero no interrumpió la conversación que sostenía por teléfono con un cliente.

Una vez en la calle, los dos hombres aligeraron el paso, hasta llegar a un callejón vacío. Se escondieron al lado de un recipiente de basura industrial para confirmar que nadie los hubiera seguido.

Después de unos minutos, Eleazar le dio un leve espaldarazo a su rehén.

—Bueno, Ernesto, hasta aquí llegamos. Es hora de perderme. Creo que podrás sobrevivir solo de aquí en adelante. Aunque, sugiero que no regreses a NCT.

—¿Qué se supone que haga? ¿Dejar a mi esposa y desaparecerme como tú?

Eleazar recordó la última vez que había escuchado palabras semejantes. Aquella vez, había sido Adela quien le había preguntado, antes de él marcharse de Polonia. Habían acordado encontrarse en el muelle. Adela había insistido en que tenía que dejarle saber algo importante. Pero, una vez Eleazar le dijo que partía, ella calló. Luego, Eleazar supo que Adela se había casado con Fabián Brommer.

—¿Me oíste? —preguntó Brommer.

—Sí. Pensaba en algo.

—Parecías estar en otro lugar.

—Más bien, otro tiempo. Mira, no sé qué debes hacer, pero no creo que te convenga tratar de regresar a NCT. De todos modos, será la última vez que nos veamos, así que…

Eleazar extendió la mano a Brommer, a modo de despedida. El rehén vaciló. Sabía que nadie creería su aventura. Era como conocer a Jesús o a la Virgen María. Creía en Dios, pero dudaba de las historias de encuentros con la Divinidad. Ahora le había sucedido a él, de una manera diferente a los relatos que había leído. Siempre había pensado que sería como encontrarse con un fantasma o algo parecido; pero Lázaro, aparte de su poder de sanación, era muy humano.

Por alguna razón, no quería despedirse. Sentía que debería ayudar a este hombre tan triste. Recordó al mendigo que había sufrido la paliza en la calle y cómo nadie acudió en su ayuda, tantas semanas atrás. Además, era un ser divino. Por alguna razón Dios lo había puesto en su camino.

—¿Sabes? Vas a necesitar documentos para salir del país, ¿no? —preguntó Brommer.

—No creas. Es muy fácil salir de los Estados Unidos; entrar es otro asunto.

—Pero, si te buscan… Además, con papeles, tendrías una oportunidad de vivir un poco mejor, ¿no crees? Así no te sucederá como la última vez.

—Cierto, pero no tengo muchas opciones al respecto.

—Tal vez más de las que crees. Puedo ayudarte con eso —dijo Brommer. Cierta parte de su mente le cuestionaba su razonamiento. ¿Para qué involucrarse en más problemas?

—¿Cómo?

—Es mejor que lo haga y ya. Tardaría demasiado, si trato de explicarte.

—Si hay algo que tengo de sobra, es tiempo.

—Por supuesto, pero yo no. Necesito buscar algo en mi habitación para poder hacerlo.

—¿Estás seguro de que quieres arriesgarte? Podrías perder tu trabajo… o peor.

Era algo que Brommer había previsto, pero sentía que tomaba la decisión correcta. Podría vivir con su conciencia.

—Sí —contestó Brommer—. Vamos.

Ahora solo esperaba que pudiera vivir con las consecuencias.

XXIX.

Richard Merrick comenzaba su día de trabajo en Arkansas. Las Navidades se acercaban y debía matar y procesar a más de tres mil pavos.

Gracias a su habilidad en los negocios, había convertido la empresa de su padre en la granja más prestigiosa del estado. Nunca se conformó con permanecer en la oficina y dirigir la compañía. No: Donald Merrick le enseñó lo valioso que era inspeccionar cada día todos los aspectos de la producción. Sabía que, de estar vivo, su padre se llenaría de orgullo.

El próximo año se jubilaría y le pasaría el mando a Dwayne Peters, quien estaba en unas conferencias en Seattle. A veces le dolía el hecho de que ninguno de sus hijos se interesara en la empresa que la familia comenzó, pero sabía que era mejor que se dedicaran a lo que los hiciera felices. Dwayne le recordaba a sí mismo. La empresa estaría en buenas manos.

Eleazar esperaría en un callejón al lado del hotel, mientras Brommer entraba a buscar su computadora y su disco duro portátil.

El vestíbulo estaba concurrido. Muchas personas hacían fila para pagar sus cuentas e irse. Brommer saludó al portero con un movimiento de cabeza, y se dirigió a su habitación.

Abrió el clóset y no encontró nada. Pensó que quizás había dejado el maletín al lado del escritorio (no recordaba muy bien). Parecía que había pasado más de una semana fuera, en vez de un solo día. El portafolios tampoco estaba allí. Además, su equipaje había desaparecido junto con sus efectos personales. Por suerte, encontró el *flash drive* en la mesa de noche, oculto por la Biblia de Gideón que era parte de todas las habitaciones en los hoteles norteamericanos.

No se explicaba qué habría pasado. Tenía hasta el mediodía para abandonar la habitación. No se suponía que le sacaran las pertenencias.

Detuvo su búsqueda al escuchar que alguien tocaba la puerta con insistencia.

—¿Quién es? —preguntó Brommer.

—Seguridad del hotel.

Era posible que sospecharan que su cuarto había sido saqueado, aunque no se imaginaba cómo habrían llegado a esa conclusión.

Abrió la puerta. Eran dos guardias de seguridad vestidos con gabanes verde oliva.

—Su jefe nos ha pedido que lo acompañemos hasta que llegue un representante de la empresa —dijo un hombre cuyo gafete dorado leía "Tony S.". Tenía el cabello negro y un bigote ancho del mismo color; los antebrazos velludos eran macizos—. Venga con nosotros, por favor.

—¿Por qué? ¿Saben algo de mis cosas? —preguntó Brommer.

—Relájese: vamos a mi oficina. Allí le contestaré todas sus preguntas —respondió Tony.

Caminó hasta el ascensor con un guardia a cada lado y comenzó a sospechar que algo andaba mal.

—¡Maldito ascensor! —dijo Tony.

—Tranquilo. Sabes que se tarda cuando el hotel está lleno. Mira: está a punto de llegar —el otro guardia, llamado Steve, señaló la pantalla a la derecha de las puertas de acero. Faltaban dos pisos para que la cabina llegara al número ocho.

De repente, Brommer sintió un movimiento a su derecha y, luego, el golpe del extintor sobre la cabeza rapada de Steve. El guardia se desplomó, mientras Eleazar se preparaba para atacar al segundo contrincante. Giró el matafuego por la manga como si fuera un bate de béisbol y conectó el recipiente rojo sobre la nariz de Tony.

Los dos representantes de la seguridad del hotel yacían en el piso, incapaces de levantarse.

—Espera —dijo Eleazar, después de soltar la tobera—, este parece ser de mi talla.

Se agachó al lado de Steve y rápidamente le quitó los zapatos y los pantalones.

Las puertas del ascensor abrieron y los dos hombres entraron en la cabina vacía. Una vez dentro, Eleazar se puso la ropa que le había robado al guardia.

—¿Cómo...? —Brommer trató de formular una pregunta.

—Cuando saludaste al botones, noté que entró con prisa. Decidí seguirte.

—Llamarán a la Policía, de seguro.

—Sí. Creo que mi libertad no es lo único que está en juego. Parece que la tuya también.

Brommer sacó el *flash drive* de su bolsillo. Lo contemplaba mientras se preguntaba si el pequeño disco duro, con los programas de su autoría, serían suficientes para sacarlo del lío en que estaba involucrado.

Norma había planificado todo al detalle. Se llevaría a Angelie y a Loggina al aeropuerto con ella para buscar a Pedro. Después de un mes, la familia Báez estaría completa en la casa. Odiaban que tuvieran que estar separados por tanto tiempo, pero era necesario trabajar en los laboratorios en el extranjero. El año pasado había sido en Argentina, este en Seattle. Siempre cambiaba. Lo único que la consolaba era que el viaje solo era necesario una vez al año.

Se irían de madrugada al aeropuerto para evitar el tráfico pesado de San Juan. Tendrían que esperar casi dos horas, pero era preferible estar dentro del aeropuerto, con sus poderosos acondicionadores de aire, que en la carretera sin moverse.

Estaba ansiosa. Apenas podía esperar a que llegara su marido, aunque solo estuviera en la isla cuatro días. Pedro le había prometido el viaje a España para cuando llegara y ella ya había hecho todos los arreglos. Sería su primera vez en Europa. Pensaba en las fotos que había visto de Madrid cuando al fin se durmió.

No sabía cuántas veces había timbrado el teléfono. Lo podía escuchar, pero se le hizo difícil encontrarlo.

Logró contestarlo. Su voz aún sonaba dormida.

—¿Sí? —respondió Naín, todavía confundido, su voz baja.

—Perdona que te despierte, jefe, pero tengo noticias. Voy de camino a la oficina —dijo Rizzi.

—¿Los encontraron?

—Sí y no.

Rizzi le contó cómo el mendigo y Brommer llegaron al hotel. NCT le había alertado a la hospedería de que, aunque un poco improbable, había una posibilidad de que al menos Brommer regresara o preguntara por su habitación. Convencido de que la seguridad del hotel sería suficiente, de ser necesario, para aguantarlos, Rizzi no había enviado a nadie para vigilar.

—Parece que nuestro mendigo no es cordero —comentó Naín—. Hay que aislar a todas las personas que hayan tenido contacto con ellos. Dile a Stallworth, para que los examine.

—Ya. Pero, hay un problema.

—Hay varios. Dime, ¿cuál es el problema?

—Estaban en un hotel, John. Más de treinta personas se habían marchado antes de nosotros llegar.

—Oh, Dios. Si el virus está activo, el mendigo pudo haber contagiado a todas esas personas.

—Personas que salieron para diferentes países, en algunos casos.

—Esperemos que el virus no esté activo, entonces. Hay que encontrar a esos dos.

—Envié a dos equipos para que buscaran en el área. Deben de aparecer pronto.

—Parece que el empleado ha decidido ayudarlo.

—¿Lo habrá forzado?

—¿Con qué propósito? Aunque, si venimos a ver, no tenían razón para regresar al hotel. Entendería si fuese el señor Brommer, nada más; pero ¿los dos? No tiene sentido.

—John, hay esperanza aún. Al parecer, el empleado no se ha contagiado.

—Es muy temprano para saber. No debemos confiarnos.

Rizzi permaneció callado. No sabía qué sugerirle. Era una de las cualidades que Naín más admiraba de su ayudante: sabía cuándo callarse.

—Haz lo posible para que los encuentren —dijo Naín—. Este mendigo podría contagiar al mundo entero sin darse cuenta.

XXXIII.

Estaba cansado de mirar la pantalla de la computadora. Sentía un nudo en la espalda y tenía sueño. Era difícil mantenerse despierto mientras introducía sus programas en la red de NCT. Las dos tazas de café no le habían hecho efecto. Abandonó la terminal para estirar las piernas. A través de la ventana del *Emerald City Coffee & Cyber Station*, notó que Eleazar ¿o Lázaro?, no sabía cómo llamarlo, aún estaba sentado contra la pared en la acera frente al local, en constante vigilia. Se encontraban a diez millas del centro de la ciudad, y aun así el extraño hombre no bajaba la guardia.

A Brommer le asombraba cómo la gente ignoraba al mendigo. ¿Qué harían si supiesen quién era? Nadie le creería si decidiera revelar su identidad. Era común oír en los medios que alguien se había proclamado el segundo Jesucristo o algo por el estilo. Eran noticias que nadie tomaba en serio.

Pidió otro café y regresó a la computadora. Aún faltaba media hora para que terminara el proceso. Decidió leer las noticias en línea para no dormirse. Leyó acerca de un refugio para mendigos que se había incendiado. Pensó en lo que le había contado Eleazar.

Salió y le pidió que entrara un momento para corroborar lo que había leído.

—¿Se llamaba así? —preguntó Brommer, mientras apuntaba a la pantalla de la computadora.

—Caldero de Dios, sí… ¿Se quemó? ¿Cuándo?

—Poco después de que despertaras en NCT.

—Más de veinte personas calcinadas… Buena manera de esconder el rastro. Teodosio hizo lo mismo en la biblioteca de Alejandría para acabar con las creencias paganas.

—¿Teodosio?

—Un emperador romano; le decían "el Grande". Impulsó el catolicismo como la religión oficial del Estado.

Pasó en el cuarto o quinto siglo, creo; ya ni recuerdo. Un poco antes de tus tiempos, supongo.

—Oh. Pero ¿los romanos no eran los que echaban a los cristianos a los leones?

—Entre otras cosas, sí. Luego Constantino legalizó el cristianismo. Es una larga historia —dijo Eleazar—. ¿Nunca escuchaste del Caldero de Dios mientras trabajabas en NCT?

—No. Apenas descubro que la corporación tenía tantas compañías diferentes. Controlan un poco de cada industria. Tomaría horas averiguar todo. Además, no buscaba eso.

—¿Qué buscabas?

—Estaba aburrido. Es todo.

Eleazar nada más alzó una ceja en respuesta.

—No deja de asombrarme lo rápido que llega la información hoy día. No hace ni cien años que lo que pasaba en otro lugar del mundo tardaba semanas, a veces meses, en saberse. Y antes del telégrafo, podía tardar años.

—¿Crees que todos estos desastres signifiquen que nos acercamos a los últimos días?

—Ah, nadie entiende que las cosas no están tan malas como antes. Lo que pasa es que nos enteramos de todo. Pero, he vivido tiempos muchos peores. Toma las guerras, por ejemplo. Antes, una guerra duraba décadas. Hoy día terminan en cuestión de años. Ustedes se preocupan demasiado. Deberían vivir más.

—Si tú lo dices...

—Lo que sé es que nadie hace algo así sin alguna razón, por más sádico que sea —continuó Eleazar mientras apuntaba a la pantalla—. Una corporación, menos. Aunque antes, cuando los obreros comenzaban a organizarse, era un poco más común. De alguna manera se beneficiarían de operar ese lugar. Tratan de encubrir lo que hacían allí.

—Bueno, Naín ha llevado a la empresa donde está. Debe tener su razón.

—¿Naín?

—John Naín, sí. Tomó las riendas de la compañía hace unos siete años. Aparece a cada rato en la televisión. Mira, ya estoy en la red. No debo tardarme más de media hora en conseguir lo que necesitamos. Eso sí, necesito concentrarme, así que… —Brommer miró hacia la puerta del café.

Eleazar salió a la acera otra vez. Aún se le hacía difícil comprender la delicadeza de los hombres de este siglo.

XXXIV.

Los tres guardias, con mascarillas cada uno, habían entrevistado a los empleados de la pequeña oficina de seguros por más de una hora. Según las descripciones, los sujetos que habían emergido del sótano eran semejantes a las de los dos hombres que buscaban. Justificaba que preguntaran por los fugitivos en los establecimientos cercanos. Sin embargo, nadie los había visto.

Convencieron a los empleados de la oficina a que regresaran con ellos a NCT, para hacerse pruebas contra el virus. No les dijeron con qué podrían haberse contagiado, pero sí mencionaron que, si se detectaba a tiempo, no sufrirían ningún efecto. En realidad, los guardias de NCT tampoco sabían nada acerca de la posible enfermedad. Solo que era muy contagiosa.

A pesar de las pistas que habían encontrado, no sabían hacia dónde se habían ido los dos prófugos. Cerca de la oficina de seguros había una parada de autobús por donde pasaban cinco colectivos con rutas distintas. El jefe de los guardias llamó a la base y pidió refuerzos. Enviaría equipos por todas las rutas necesarias para encontrar a los fugitivos. Sabía que ya era cuestión de horas. Así, Rizzi dejaría de presionarlos.

XXXV.

Brommer anotaba nombres y números de Seguro Social, mientras Eleazar lo miraba confundido.

—¿Quiénes son? —preguntó Eleazar.

—*Phishers.*

—¿Pescadores?

Brommer rio antes de contestar.

—Algo así... Son personas que se dedican a robar identidades. Luego, solicitan tarjetas de crédito con la identidad falsa. Estos en particular fueron bastante estúpidos cuando trataron de timar a varios de nuestros empleados.

—¿Por qué tienes sus números y no los de sus víctimas?

—Es un proyecto que comencé antes de venir acá. Funciona así: envían un correo electrónico con un enlace a una página de un servicio que parece legítimo, como un banco o una tienda en línea. Esa página pide que el usuario entre sus datos personales con el supuesto propósito de revalidar la cuenta, pero en realidad es para obtener la información.

—La verdadera profesión más antigua del mundo es la del timador. Pero ¿por qué tienes los datos de los *phishers*?

—Mi plan era identificar esos correos y descubrir de dónde los enviaron. Muchos de ellos son tan ilusos como sus víctimas y he logrado obtener sus datos. Con estos números, puedo crearte varias identidades provisionales. Te debe dar suficiente tiempo para salir del país, al menos.

—¿Vas a timar a los timadores?

—¿Qué podrían hacer? ¿Acudir a las autoridades? —respondió Brommer con una sonrisa.

—Es una de las desventajas de esa profesión, sí.

—Tarda un poco, eso sí. Hay que conseguir una dirección postal donde recibirás las tarjetas de crédito.

—¿Y las identificaciones?

—Sacas una licencia de conducir con uno de los números.

—¿Así de sencillo?

—Esperemos que sí. He leído de varias personas que lo han hecho de esa manera. En verdad, es posible que no funcione.

—Tremendo. Vaya ayuda.

—No hay mucho más que pueda hacer.

—No será la primera vez que tome un riesgo. Al menos has logrado entrar sin problemas.

—Si no pudiera entrar al sistema que yo mismo protejo…

Eleazar examinó la pantalla de la computadora, absorto en sus pensamientos. Se habían demorado mucho en el café y no debían estar estacionarios en ningún lugar por mucho tiempo. Los siglos que había pasado fugitivo le decían que era hora de trasladarse a otro lugar. A la vez, era el momento ideal para investigar más acerca de Naín y su empresa.

—¿Cuánto tiempo tardarías en buscar información acerca de El Caldero de Dios?

—No sé. Déjame intentar.

Brommer tecleó el nombre del refugio y esperó por el programa. Segundos después, la pantalla se llenaba con una lista de nombres de archivos y programas. En cada lista aparecía la fecha en que se había guardado la información.

—Verifica la más reciente —dijo Eleazar.

—Es un correo electrónico dirigido a los encargados del refugio. Ordena el cierre de la Fase IV.

—Dos días antes del incendio… Curioso, ¿no?

—Podríamos mostrarle esto a la Policía…

—No prueba nada, Ernesto. Además, después del hotel, debemos ser los más buscados. Verifica las fechas anteriores. Quiero ver si dice algo acerca de lo que nos hicieron.

Brommer tocó dos botones del teclado y comenzó a leer.

—Parece que tenían mucho cuidado con lo que escribían. Son oraciones ambiguas: "Comiencen Fase I" o "Grupo control A, 30% efectivo; Grupo B, 12% efectivo". Este es raro, mira: "La mutación se ha logrado".

—¿A qué se refieren?

—No sé. Voy a buscar, a ver si aparece en algún otro lugar.

Tecleó "mutación" y esperó a que la búsqueda concluyera. Solo apareció un archivo adicional en la pantalla.

—Mira aquí —Brommer apuntó a la pantalla—. "Es inmoral tratar de forzar la mutación del H5N1. No puedo ser parte de esta encomienda. Por tanto, renuncio a mi puesto. Que Dios se compadezca de ustedes".

—¿Quién lo escribió?

—J. Sérpico… No dice el nombre. A ver si aparece en algún otro lugar…

—Brommer introdujo el apellido al programa de búsqueda y esperó—. Raro. No hay nada de él.

—¿Por qué es raro?

—Como empleado de la empresa, debería de haber un sinnúmero de mensajes con su nombre. Pero, parece que alguien borró todos sus correos.

—¿Cómo apareció en el primero que leíste?

—No me fijé. Dame un momento —Brommer apretó el botón del ratón de la computadora y leyó. Se sorprendió al ver quién era el destinatario del mensaje.

—¿Qué pasa? —preguntó Eleazar.

—De alguna manera, Maureen obtuvo una copia del mensaje; un *blind copy*, supongo.

—¿De qué hablas? ¿Quién diablos es Maureen?

—La mujer con la que te encontraste al salir de la morgue.

—¿Y eso del mensaje?

—Pues parece que el señor Sérpico le envió una copia del mensaje, pero de una manera que no fuera obvia a nadie más.

—Es extraño que hayan tratado de borrar todo rastro de ese señor.

—Sí. Puedo buscar el nombre en Internet.

—¿Tardas mucho? —Eleazar estaba ansioso.

—Haré una búsqueda sencilla —Brommer percibió la urgencia del inmortal. Introdujo el nombre en el programa de búsqueda y en instantes obtuvo resultados—. Ah, claro. Es el título de una película. Hay miles de resultados.

—Bueno, no perdimos nada en el intento. Debemos irnos.

—Sí, vamos —dijo Brommer a la vez que, sin pensarlo, oprimió el botón para la siguiente página con más resultados de la búsqueda. Leyó sin esperanza de encontrar nada—. Bah. Tan vieja que es… ¡Eleazar! ¡Mira!

—¿Qué?

—Joseph Sérpico: atropellado por un auto el año pasado. Aún buscan quién fue, según este artículo.

—¿Dice la fecha?

—Sí. Tres días después del mensaje de renuncia.

—¿Aún crees que puedas volver a tu empleo?

Brommer ignoró el comentario, más por la incertidumbre que por cualquier otra cosa.

—Oye, déjame buscar eso de H5N1.

—Deberíamos irnos, Ernesto.

—Será rápido. Mira, ya: *Aviar Flu.* Eso es…

—Gripe aviaria —completó Eleazar.

Llevaban horas siguiendo la ruta norteña del autobús. Cinco grupos de tres hombres hacían lo mismo por diferentes caminos, todos con mascarillas blancas sobre la nariz y la boca. Hasta la fecha, nadie había visto al sujeto que buscaban y no podían regresar hasta que lo encontraran, según sus órdenes.

Los vecinos los miraban de manera extraña, como si fueran algún tipo de acto de musical, ya que vestían igual (mahones, polos y botas negras). Levantaban sospechas por la manera como miraban cada negocio, callejón o pasillo en su camino. Ya estaban cansados de tanto caminar. Sus frustraciones eran evidentes, ya que era poco probable que el hombre estuviera muy lejos.

Trully, uno de los guardias más novatos, miró por la ventana del *Emerald City Coffee & Cyber Station*. Solo vio a la clientela usual de jóvenes profesionales y estudiantes. Estaba a punto de continuar al próximo negocio cuando vio una cabeza asomarse desde uno de los cubículos. Sin palabra, cruzó la calle donde estaban sus compañeros.

—Está allí —dijo apuntando al café.

—¿Te vio? —preguntó McNeiss, el líder del trío.

—Sí, pero no di señal de haberlo reconocido.

—Bien. Tienes la puerta de atrás.

McNeiss llamó por radio a la base. Iban a interceptar al mendigo.

——¡Hostia! —dijo Eleazar. Había presentido peligro y, al averiguar qué sucedía en la calle, se encontró con los ojos del hombre en la ventana. Se había ido sin mostrar interés en él, pero Eleazar pudo leer la sorpresa en la mirada—. ¡Vámonos!

—Voy, voy. Déjame sacar el *flash.*

Dos hombres cruzaban la calle en dirección hacia el café. Trataban de caminar sin causar alerta, pero Eleazar podía detectar que había intención en sus movimientos. Ninguno de los dos era el que había visto a través de la ventana. Brommer se disponía a salir por la entrada principal, cuando el inmortal lo agarró por el brazo.

—Por atrás —dijo Eleazar, y lo dirigió hacia las puertas detrás del mostrador.

El cocinero, un joven delgado y rubio con una pantalla que le atravesaba el puente de la nariz, los vio y trató de ahuyentarlos. Trataba de ser lo más cordial posible, hasta que Eleazar tomó un cuchillo de cortar pan. El empleado alzó las manos e intentó alejarse de ellos, pero Eleazar, con un gesto de la cabeza, le hizo comprender que no debería tratar de huir.

—Sal. Despacio —ordenó Eleazar apuntando hacia la puerta de atrás del negocio.

El joven pasó lentamente frente a su atacante, hasta salir de lo que calculaba que fuese el alcance del cuchillo. Luego, corrió a toda velocidad para escapar. El cocinero abrió la puerta con una patada.

Desde el callejón se escuchó un hombre gritar "alto", seguido por los sonidos de un forcejeo.

Antes de que Brommer pudiera preguntarle qué hacer, Eleazar había salido al asecho, cuchillo en mano. Brommer decidió seguir a su compañero y se encontró a Eleazar, con la mano y el cuchillo ensangrentados, sobre un hombre tirado en el piso. Un charco de sangre se formaba debajo del cuerpo. El cocinero, con su ropa manchada de rojo, suplicaba por su vida.

—¡Corre! —gruñó Eleazar al cocinero, quien no vaciló en cumplir.

—¿Qué hiciste? —preguntó Brommer.

—Vámonos —apuntó hacia el callejón, en dirección opuesta de donde habían venido.

Los compañeros del difunto se acercaban por la cocina y Brommer accedió a la orden. Ambos corrían a toda prisa hacia la calle que quedaba paralela a la del café. Brommer miró hacia atrás y vio que habían salido sus dos perseguidores, uno de ellos arrodillado al lado de su compañero muerto, mientras el otro corría tras ellos, su arma de fuego desenfundada.

Doblaron la esquina y se tropezaron con los peatones en la acera. Brommer casi cayó al suelo al chocar con un joven, quien comenzó a gritarle obscenidades en inglés.

—¡Cruza! —gritó Eleazar y se tiró a la avenida sin prestarles atención a los automóviles.

Al meterse en el medio del camino, provocó que un auto azul parara de repente. El chillido de las gomas capturó la atención de la gente. Segundos después, un automóvil verde chocó contra la parte trasera del vehículo azul. El tráfico de la avenida se detuvo por el acontecimiento. Eleazar cruzó la calle. Brommer lo siguió, sorprendido por el caos que habían causado.

Al encontrarse con el tumulto, el hombre que los perseguía escondió su pistola entre la parte baja de la espalda y su pantalón. Buscó a los dos hombres en la dirección en que doblaron, pero había demasiada gente. No pudo discernirlos de la muchedumbre.

Su compañero lo había alcanzado y preguntó:

—¿Dónde están esos cabrones? ¡Mataron a Tully!

—Ni puta idea —contestó McNeiss—. Llama a Control. Hay que limpiar la escena. Con el lío que causaron aquí, habrá menos tiempo para recoger. No te apures. No se escaparán. Pronto llegarán los demás.

—¡*Fuck*! —gritó el guardia y pateó la pared del café.

McNeiss puso la mano sobre el hombro de su compañero e hizo un gesto con la cabeza para que lo siguiera hacia el callejón de donde habían salido.

Esperaba otra oportunidad para encontrarse con los dos prófugos. No le importaban las órdenes de Rizzi; le llevaría dos cuerpos.

XXXVIII.

Jamás había visto a su asistente tan alterado. Caminaba de lado a lado en la oficina, mientras explicaba lo que había sucedido. Naín lo comprendía. No estaba acostumbrado a este tipo de contratiempo. Rizzi era un hombre que prestaba atención a cada detalle de su trabajo; era la razón por la que confiaba en él.

—¿Atrajo la atención de las autoridades? —preguntó Naín.

—No. Limpiamos el callejón sin percances. Los policías que llegaron estaban pendientes al accidente. No sé cómo, pero han logrado esfumarse otra vez.

—No es un mendigo cualquiera. Es una pena que Stallworth no averiguara más acerca de él.

—¿Aún quieres que lo traigan vivo? Será difícil que los hombres cumplan con eso.

—Pues, más les vale que llegue vivo. Hay más en juego de lo que ellos creen. Es muy posible que porte el virus. Puede ser la clave para producir una cura.

—Bien. ¿Al empleado también?

—Sí. Al parecer, se ha aliado a nuestro amigo. ¿Cómo lo habrá convencido?

—No entiendo por qué no han acudido a las autoridades.

—Sí, es raro. No hay manera de que sepan acerca de nuestro contacto en la Policía. Te digo, Gerard, sus actuaciones hasta la fecha no tienen sentido. No te sientas tan mal acerca de lo que ha sucedido. Eso sí: puedes esperar cualquier cosa de ellos.

Rizzi tradujo lo que su jefe le advertía: ya no aceptaría un resultado que no fuese la captura de los dos prófugos. Entre más rápido, mejor. Por más calmado que pareciera, estaba seguro de que Naín llegaba a las reservas de su paciencia.

XXXIX.

Eleazar se preguntaba cuánto tiempo les tomaría a los agentes de NCT buscarlos por las azoteas de las casas. Seguramente se les ocurriría una vez agotaran sus opciones en las calles.

Habían cubierto bastante distancia al brincar de techo en techo. A veces era necesario bajar al suelo, cruzar a la próxima cuadra y volver a subir hasta la cima de otro edificio. Por buena fortuna, las residencias estaban bastante cerca una de la otra. De no ser así, Brommer jamás lo hubiese seguido. No obstante, fue difícil convencerlo de tomar el salto algunas veces, por más corta que fuera la distancia.

Ahora lo notaba cansado y decidió pausar para que recobraran el aliento. Se sentaron en el techo de una de las casas.

—Mataste a ese hombre —dijo Brommer, una vez recuperado. Era la primera vez que mencionaba el suceso.

—Le iba a hacer daño al muchacho… Creyó que era yo.

—¿No pudiste darle por la cabeza o algo así?

—No creas lo que ves en las películas. Le das a una persona por la cabeza y lo mismo se desploma que se vira a atacarte. Además, tenía una pistola. No iba a darle la oportunidad de usarla.

—Pero, no te podía hacer daño con ella.

—¿Y crees que un balazo no duele? He sido soldado varias veces durante mi vida. Era una profesión ideal para mí. Ya no puedo. Se crea un récord al ingresar a un ejército; los que pagan, al menos. Y no me interesa pelear por ideologías nada más —respondió Eleazar, serio.

De momento, Brommer se puso de pie. Se aguantaba la frente como si tratara de mantener sus pensamientos en cautiverio, mientras apuntaba a Eleazar con la otra.

—¡Es que no entiendo! ¿Cómo puedes matar a alguien? ¡Tú! ¿No fuiste amigo de Jesucristo? ¿No dice la Biblia que no debes matar?

—No todo lo que aparece en la Biblia es como se cuenta. Fui amigo de Jesús. Y fue a la primera persona que maté.

—¿Tú?

—Tenía que sacarlo de su miseria. Si llego a saber lo que me había hecho, lo dejaba sufrir allí. Estoy cansado. Quisiera morir ya.

—¿Es tan malo?

—Peor de lo que pude haber imaginado. A uno se le olvidan los rostros de las personas que amaba. He olvidado los de mi familia, de amigos, esposas, hijos…

—¿No recuerdas nada?

—Ciertas cosas, pero pocos detalles. A veces veo algo que me trae recuerdos. Puede ser hasta un olor particular: el olor del mar, un perfume, una comida… Pero son recuerdos empañados, que se confunden con otros.

—Pensaría que vivir para siempre sería lo mejor del mundo.

—No te culpo. Creo que alguna vez pensé lo mismo. Luego perdí mi primera esposa; después, la segunda, un hijo, dos. Pierdes todo. No estamos hechos para soportar tanto.

—Pero, Cristo debe tener algún propósito para ti, ¿no crees?

—Ustedes siempre con la misma mierda… Jesús no era tan sabio como lo pintan. Solo fue el primer mártir cristiano, nada más. ¿Propósito…? Bah.

—Su resurrección prueba su divinidad, ¿no? —preguntó Brommer. Desde que supo que andaba con Lázaro, había esperado el momento adecuado para interrogarlo. Pensaba que el inmortal tenía la respuesta a todas las preguntas de la vida.

Eleazar rio en respuesta.

—Esos cuentos comenzaron casi un siglo después de su muerte. Cada cual le atribuyó más y más poderes. Ahora bien, dejar sus historietas escritas fue algo genial, debo admitirlo. La gente lee las cosas y presumen que son ciertas. Es como si en cien años encontraran una tirilla de Supermán y creyeran que existió de verdad.

—Si todo es mentira, ¿por qué eres inmortal?

—No sé. Pudo resucitarme, pero Él nunca lo hizo. Se quedó donde lo enterramos.

—¿Sabes dónde está enterrado? ¡Podrías desmentir todo lo que dice la Iglesia!

—Si recordara dónde fue, supongo. Ha pasado demasiado tiempo; ni reconozco el área. Estuve por allá hace más de un siglo y no reconocía nada. No podría encontrar su tumba, aunque quisiese.

—¿Qué hacías allí?

—Lo que hago mejor: me escondía. Por alguna razón, pensé que en mi antiguo país se me haría más fácil. Pero, para el tiempo que volví, había bastante conflicto entre los diversos grupos allí: musulmanes, cristianos, judíos y armenios, juntos unos encima del otro y en una lucha constante. Otro chiste de Dios.

—No suenas a alguien que crea en Dios…

—Ya ni sé en qué creer. Casi dos mil años y la única prueba de su existencia que conozco soy yo. Aun si existiera, no lo perdonaría. Solo con su iglesia ha causado más daño que cualquier otra cosa que el hombre haya creado.

—No entiendo, Eleazar, ¿por qué la Iglesia nos engaña tanto?

—Las religiones no son muy diferentes de las corporaciones.

—La religión ayuda al espíritu.

—No digas estupideces —interrumpió Eleazar—. Utilizan la fe para anular la razón. Es un lavado de cerebro.

—¿Para qué?

—Es otra manera de obtener poder. Con suficientes creyentes, una religión puede influir sobre elecciones, leyes, hombres y mujeres que están en el poder. Es absurdo, pero lo han logrado por siglos. ¿No lo notas?

—Es que, ¡eres Lázaro! ¡Un santo!

101

—San Lázaro fue muy afortunado: murió —Eleazar rio—. No he tenido esa suerte.

—¿No temes ir al infierno?

—¿Dónde carajo crees que estoy?

Brommer fijó la mirada en el rostro de Eleazar. Se dejó caer sentado y, frustrado, agarró su cabeza con las dos manos.

—Todo está tan jodido —dijo Brommer—. Ya ni sé qué hacer.

—Siempre ha sido así. Lo que pasa es que soy el único que se acuerda.

Los dos hombres permanecieron en silencio, sin mirarse el uno al otro. Ya anochecía y comenzaban a temblar de frío.

—Sigamos. Creo que podemos bajar ya. Hay mucho viento acá arriba.

—¿Hacia dónde vamos?

—Buena pregunta. Deberíamos encontrar dónde dormir. Yo puedo sobrevivir al frío, pero tú…

—Terminaré con una pulmonía por…

—¿Qué? —preguntó Eleazar al darse cuenta de que Brommer se había perdido en sus pensamientos.

—Conozco a alguien en esta ciudad. Se me debió haber ocurrido antes.

—¿Quién?

—Maureen.

—¿La mujer de NCT?

—Ajá.

—¿Cómo sabes dónde vive?

—Fue una de las maneras de entretenerme en las conferencias —Brommer estaba sonrojado—. Buscaba más información de ella y encontré su dirección.

—¿Y te acuerdas?

—Sí. Sé cómo llegar y todo. Vi un mapa en Inter…

—Basta. Mejor no me digas. Me preocupas, a veces.

XL

Una cosa era trabajar catorce horas al día, otra laborar los sábados. Insistía en tener, al menos, dos días de descanso, pero Stallworth había requerido que todo el personal del laboratorio trabajara el fin de semana. Llevaban más de un mes así y algunos de sus compañeros habían renunciado, cosa que incrementaba la cantidad de horas que se les requería a los demás.

Al parecer, por fin se habían puesto al día en el laboratorio, ya que Stallworth les había dicho que su presencia no sería necesaria mañana domingo.

Maureen se preguntaba qué le habría pasado a Brommer. Los medios no habían tocado el tema. Era como si nada hubiera pasado. ¿El mendigo lo habría infectado? Se había hecho la prueba después del incidente y los resultados habían sido negativos. Tal vez no portaba el virus aquel hombre extraño, o no estuvo en su presencia el suficiente tiempo como para infectarla. Esperaba que no anduviera un portador por la ciudad: causaría una catástrofe.

Estaba agotada. Nada más quería llegar a su cama y dormir hasta tarde. Era hora de tomarse unas vacaciones; irse lejos del laboratorio, NCT, Seattle. Haría la petición tan pronto llegara el lunes.

Sabía que no tendría nada de comer en su casa. No había tenido tiempo de ir de compras y estaba demasiado agotada para hacerlo ahora. Consideró ordenar pizza, pero sabía que se quedaría dormida mientras la esperaba. Mejor se daría un baño y se iría a dormir. Al día siguiente desayunaría en el café del vecindario, que no visitaba desde hacía más de un mes.

Salió del baño lleno de vapor al escuchar el timbre de la puerta. No podía creerlo. Cuando más deseaba descansar, tenía que atender una visita. Se puso la bata y bajó para ver quién demonios la visitaba. ¿Habría ordenado la pizza sin darse cuenta? Era posible, con lo agotada que estaba.

Observó por la mirilla de la puerta. Era Brommer.

—¿Qué haces aquí? —preguntó al abrir—. ¿Estás bien? ¿Cómo supiste dónde vivo?

—Necesitamos tu ayuda.

—¿Qué?

—¿Nos dejas pasar?

Fue entonces que Maureen notó al acompañante de Brommer: el mismo hombre que lo había raptado. Tan pronto lo vio, tiró la puerta, pero el secuestrador colocó el pie en la apertura. Maureen empujó la madera con el resto de su cuerpo. El hombre se quejaba del dolor, pero no sacaba el pie. De pronto, Eleazar empujó la puerta con el resto del cuerpo. La mujer cayó al suelo y dejó la entrada libre a los dos hombres.

Sin vacilar, Maureen pateó al hombre en la rodilla desde el piso, lo que causó que se desplomara y cayera arrodillado. Acto seguido, la mujer lo pateó en la cabeza con la otra pierna y corrió hacia el teléfono.

Brommer vio todo el intercambio sin reaccionar. Solo logró decir:

—¡Maureen, espera!

—No me acostumbro a las mujeres de este siglo —dijo Eleazar sobándose la quijada.

Se levantó y cojeó hacia Maureen, quien ya tenía el teléfono en la mano.

—¡Paren! —gritó Brommer—. Maureen, escúchame. Eleazar, déjala en paz.

Para su sorpresa, los dos lo obedecieron.

—Antes de que llames a nadie, dime: ¿qué sabes de la mutación de la gripe aviaria?

Maureen bajó el brazo con que sostenía el teléfono.

—¿Cómo sabes de eso?

—Créeme, he descubierto más acerca de la empresa de lo que hubiera querido saber. Por favor, déjame contarte. Después, si no me quieres ayudar, nos vamos.

La mujer vaciló por unos segundos. Luego, dijo:

—Quédense aquí. Necesito algo del cuarto.

Eleazar miró a Brommer como si esperara una orden adicional, pero el puertorriqueño solo encogió los hombros.

Poco después, Maureen bajó, ahora con una pistola en la mano derecha y el teléfono en la izquierda.

—Ahora podemos conversar. Te advierto: si se me acerca, le vuelo la cabeza.

XLI

Zhi'shou estaba preocupada por su marido. Tosía y tenía fiebre cuando se había ido a trabajar la mañana anterior. Al regresar aquella noche lo encontró aún peor. Trató de convencerlo de que fuera al médico, pero Ji'shu era demasiado terco.

Zi'xuan había llegado enfermo de Seattle y había contagiado a su primo anfitrión. Aún con fiebre, el visitante había ido a quedarse a la casa de su abuela en la ciudad, con la promesa de volver en unos días. El día después de que su primo partiera, Ji'shu se había quedado dormido luego de la cena. Zhi'shou lo despertó para que se trasladara de su sillón hasta la cama. Caminó despacio al lecho y se dejó caer al lado de su esposa.

Sentía frío y le dolían los huesos. Despertó junto a Zhi'shou debido a un ataque de estornudos. Tendría que trabajar enfermo el próximo día. Con tanta confusión por la enfermedad de Ji'shu, no se dieron cuenta de que el primo no volvió.

No fue hasta la noche del domingo que Ji'shu accedió a ver al médico. Apenas había comido en todo el día. Zhi'shou había pasado bastante trabajo para convencerlo de que se comiera la sopa. Para complicarlo todo, Kuang también mostraba síntomas de la gripe. Se había quedado en la casa todo el día y, en efecto, cuando su madre le tocó la frente, descubrió que tenía fiebre.

Zhi'shou entró en el dormitorio y se sentó en la cama para decirle a Ji'shu que debía ir al médico tan pronto pudiera; no solo por él, sino por Kuang. El marido asintió con la cabeza, pero ella no estaba muy segura de que la hubiera escuchado. Parecía delirar y temblaba como si fuese invierno.

De repente, Ji'shu sufrió un ataque de tos que duró más de un minuto. Ya ni se molestaba en taparse la boca. No tenía fuerzas para levantar los brazos y sentía que los pulmones le explotarían cada vez que tosía. Al sentir en la mano la flema caliente que su marido había expulsado, Zi'shou se levantó para limpiarse.

Al abrir la llave del lavamanos, se dio cuenta de que la flema que le embarraba la mano estaba mezclada con sangre. Ya no podía más. Salió a toda prisa a la casa de un médico conocido. Juró que no se iría de allí hasta que la atendiera.

XLII.

Los tres estaban sentados a la mesa del comedor de Maureen, quien mantuvo su asiento alejado de los dos hombres. Nervioso, Brommer miraba la pistola en la mano de la mujer.

Eleazar estaba tranquilo. Se mantuvo callado mientras su compañero le contaba a la anfitriona lo que había sucedido desde la última vez que la había visto. Tuvo cuidado de no mencionar quién era Eleazar, ni sus habilidades. Aún sin mencionar los aspectos más fantásticos del relato, Maureen permanecía incrédula. Con cada palabra, parecía estar más convencida de la necesidad de llamar a las autoridades.

—Pero ¿para qué inocular a unos vagabundos con el virus? —preguntó Maureen.

—Pensé que tú sabrías —contestó Brommer.

—Como único tiene sentido es si fueran a probar una vacuna o un antídoto, pero no experimentarían con humanos en este país.

—¿Existe una vacuna?

—Aún no. Además, no es tan fácil que los humanos se contagien con la gripe aviaria. Ha sucedido, pero han sido casos aislados.

—Tal vez —intercedió Eleazar— verifican la efectividad de un nuevo virus.

—¿Para qué? —discutió Maureen—. Una gripe como esa causaría una pandemia. Siempre ha existido la posibilidad de que el virus se adapte a vivir entre seres humanos, pero no ha pasado aún.

Eleazar disfrutaba de oír la voz de Maureen. La miraba a los ojos sin importarle que ella esquivara los suyos ni que se aferrara al arma de fuego. Tenía una chispa inusual para él.

—No sé. Tienes razón: no tiene sentido.

—Como único… Pero, no. Nadie se atrevería.

—¿A qué?

—Bueno, lo único que se me ocurre es que traten de forzar la mutación, para así desarrollar una vacuna. Pero, no serían tan irresponsables como para dejar a alguien infectado salir vivo.

—Lo que nos dieron en El Caldero mató a más de veinte personas en una semana.

—Si lo que dices es cierto, te hubieran matado.

—El científico inglés lo intentó, creo. No contaba con que fuese tan resistente, supongo.

—¿Inglés? —preguntó Maureen—. ¿El doctor Stallworth?

—No sé. Nunca supe su nombre. Según él, no se supone que haya sobrevivido sin ningún efecto. Por eso me tenían en el laboratorio.

—Perdona que sea tan brusca, pero se habrían asegurado de tu muerte.

—El inglés estaba bastante seguro. Recuerda dónde desperté.

—Llevo cinco años allí y jamás he visto una morgue.

—Creo que hay muchas cosas que desconocemos de la empresa, Maureen

—dijo Brommer—. Mira, lo importante es salir de aquí antes de que nos encuentren. Creo que puedo construir identidades falsas y huir del país, pero necesitamos una dirección, al menos.

—Y claro, convertirme a mí en cómplice de fraude no te preocupa.

—Ah. No había pensado en eso.

—Típico hombre. Pero, tienes suerte.

—¿Sí? —dijeron los dos hombres al unísono.

—Conozco a alguien que puede ayudarlos con identificaciones y papeles falsos.

—¿Quién? —preguntó Brommer.

Eleazar, con una ceja alzada, miró a la mujer.

—No te creo —dijo el mendigo.

—Muy bien. No tenemos nada más que hablar, entonces. Duerman aquí y se las buscan como puedan mañana.

—¿Cómo conoces a alguien así?

—Es un exnovio. Lo dejé porque traficaba con eso, entre otras cosas. Me había dicho que era un negociante. Era cierto, supongo, pero no me dijo de qué. No tardé mucho en darme cuenta. De vez en cuando lo veo por ahí, pero mantengo mucha distancia.

—¿Por qué arriesgarte?

—No sería un riesgo. Solo le diré lo que ustedes necesitan y, si acepta, les digo dónde encontrarlo. Nada más.

En busca de apoyo, Brommer miró a Eleazar, quien solo encogió los hombros. No tenían nada que perder.

—Bien —dijo Maureen—. Lo llamaré luego —dijo, después de mirar el reloj—. Mientras tanto, pueden usar el baño en lo que busco sábanas y almohadas. Podrán dormir en la sala.

—Gracias —dijo Brommer. Luego, miró a Eleazar—. ¿Te está malo si voy antes de ti?

—Estar sucio un rato más no me va a matar.

Brommer se rio al escuchar el comentario y se fue al baño.

Maureen y Eleazar mantuvieron un silencio incómodo. La mujer podía sentir la mirada de Eleazar y hacía todo lo posible por no cruzar sus ojos con los de él.

—¿Podrías dejar de mirarme —rompió el silencio Maureen—. Me haces sentir incómoda.

—Perdón. Es que me preguntaba dónde aprendiste a pelear así —Eleazar aún se pasaba la mano por la quijada.

—Practico *kickboxing*.

—Hacen unas cosas tan poco femeninas.

—¿Quiénes?

—Las mujeres de esta época.

—No pareces ser mucho más viejo que yo. Deberías acostumbrarte ya. ¿De dónde eres?

—Ju… Israel.

—Y eres un mendigo en Seattle. ¿Cómo llegaste hasta acá?

—Caminé.

—Gracioso. Bien. No me digas —dijo Maureen. Pausó antes de hablar otra vez—. Oye, ¿no te has sentido mal desde que saliste de NCT?

—No.

—¿Y Ernesto?

—Tampoco. ¿Se supone que sí?

—Bueno, si el virus estuviera activo en tu sistema, contagiarías a los que se crucen en tu camino.

—Llevo dos días al lado de Ernesto. ¿Sus síntomas se habrían manifestado?

—No sé de seguro. Tal vez los comienzos de un catarro. ¿No has notado algo así?

—Nada. Creo que espantaría a cualquier virus con tantas quejas. Es un hombre raro. No sé cómo consiguió una esposa.

—Bueno, tiene su encanto. No es una persona mala, parece ser responsable y es inteligente. Con eso nada más, es mejor que la mitad de los demás "prospectos".

—Es que ustedes siempre quieren a un príncipe azul.

—Cómico que digas eso.

—¿Por qué?

—Ernesto me dijo lo mismo cuando nos conocimos. Son más parecidos de lo que crees.

Antes de que Eleazar pudiese contestar, Brommer se asomó a la cocina aún húmedo y con una toalla alrededor de la cintura.

—No tendrás ropa de hombre por casualidad, ¿eh? —preguntó Brommer.

—Nada. Pero, tengo camisetas y sudaderas que tal vez les sirvan —contestó Maureen—. Regreso ahora.

La mujer se dirigió hacia su cuarto en el segundo piso.

Eleazar miró a Brommer; buscaba aspectos físicos en común.

—¿Qué? —dijo Brommer, conciente del escrutinio de Eleazar.

—Nada. Me voy a bañar. Compórtate.

—¿Ahora eres mi padre?

Pero Eleazar ya se había marchado hacia el baño. Si escuchó el comentario de Brommer, no le había prestado atención.

Mientras esperaba por la ropa, Brommer se entretuvo con la cocina de su anfitriona. Vio el calendario pegado con imanes a la puerta del refrigerador y notó la fecha. Se suponía que hubiera regresado a su casa el día anterior. Pensó en Sandra y quiso llamarla, pero sabía que era demasiado arriesgado. Estaba seguro de que, luego del incidente en el hotel, alguien en NCT estaría pendiente a las llamadas que recibía su esposa.

En poco tiempo Maureen había regresado con ropa y Eleazar había salido del baño. No tardaron en dormirse.

Sandra estaba preocupada. Había llamado a la empresa varias veces, pero nadie le había podido decir dónde estaba su marido. Trató de llamar a la Policía de Seattle, pero le informaron que aún no podían hacer nada. Solo podía esperar a que apareciera Brommer.

A pesar del descanso que disfrutó sin él, ahora necesitaba verlo y saber que estaba bien. Imaginó diferentes situaciones que le pudieron haber pasado: la había abandonado, se había perdido en el aeropuerto sin manera de llamar, le había pasado algo y nadie le había notificado.

Evitaba esos pensamientos para mantener la cordura. De seguro aparecería en cualquier momento y causaría que ella se sintiera tonta. Pero, sentía que algo no estaba bien y la falta de tan siquiera una llamada reforzaba ese sentir.

Era la segunda noche que pasaba sin dormir.

XLIV.

El médico de Richard Merrick le recetó a Dwayne descanso y unas pastillas contra la tos. En su acento del sur de los Estados Unidos, el doctor le ordenó quedarse en cama por unos días en lo que se recuperaba, con la condición de que lo llamara si los síntomas continuaban.

No le gustaba quedarse en casa sin trabajar, pero se sentía demasiado mal como para levantarse.

Las pastillas no hicieron efecto. Al llegar la noche, se sintió peor; le era difícil respirar.

Su esposa se sorprendió cuando accedió a que le llamara una ambulancia. Sin duda, debía estar en pésima condición.

Horas después, los médicos le habían diagnosticado una pulmonía severa. A las tres de la mañana, perdió el conocimiento.

Richard Merrick se sentía mal por Dwayne y esperaba que recuperara pronto. Al llegar a la oficina la mañana siguiente se tomó dos pastillas contra el catarro, ya que la nariz no le paraba de chorrear y sentía que tenía fiebre. No quería terminar como Dwayne.

No había dormido desde el sábado y ya no podía contener su frustración. Rizzi no quería tener que explicarle a su jefe por qué no había capturado a los dos hombres aún, pero entre más tiempo pasaba, parecía inevitable tener que darle las malas noticias. Los agentes de NCT habían soportado los insultos del asistente de Naín desde el día anterior. Uno de ellos tuvo que ser controlado por un compañero para que no le propinara un puñetazo a Rizzi. Luego de haberlo llamado inepto, los demás supieron que ese sería su último día de trabajo.

Lo que más sorprendía a Rizzi era que ninguno de los dos hombres era algo muy especial: un mendigo y un triste programador de computadoras. ¿Cómo era posible que se les escaparan, si la seguridad de la compañía estaba compuesta de exsoldados y policías de mucha experiencia? Peor aún, Naín se encargaría de recordarle ese hecho.

Todos estaban cansados de buscar en la misma área donde último habían visto a los dos hombres. El cansancio se convertía en el causante de pleitos entre ellos. Cuando dos de los guardias de seguridad tuvieron que ser separados luego de que intercambiaran golpes, Rizzi decidió que era hora de descontinuar la búsqueda. Habían estado tan seguros de que los encontrarían en pocos minutos (una hora, a lo sumo) que el asistente había decidido enviar al equipo entero por ellos. Ahora tendrían que irse sin los dos hombres y sin personal para sustituirlos.

Ya era demasiado tarde como para informarle a Naín de su decisión. Esperaría hasta la mañana siguiente y así tendría tiempo para pensar en una buena excusa.

Recostó la cabeza contra el cristal del lado del pasajero del auto y miró hacia el paisaje suburbano para entretenerse. Observaba las casas del vecindario situadas en la colina; parecían escalones gigantes.

—Oye, ¿verificaron las azoteas de estas casas? —Rizzi le preguntó al chofer.

—No creo, pero déjeme verificar —contestó.

Luego de una conversación corta por celular con los diferentes líderes de los grupos, confirmó lo que temía: a nadie se le había ocurrido inspeccionar en los techos de las casas.

—¡Hijos de puta! Por ahí se escaparon. No lo puedo creer —exclamó Rizzi—. Llámalos otra vez y les haces saber que deben continuar la búsqueda por las azoteas. Tal vez tengan suerte y puedan descifrar hacia dónde se fueron.

—¿Y usted, señor?

—Yo, ¿qué?

—¿Adónde lo llevo?

—A mi casa, por supuesto. Si uno de estos idiotas encuentra algo, que me llamen. De lo contrario, que sigan la búsqueda hasta que me puedan decir dónde están. Voy a dormir.

—Muy bien, señor —fue lo último que dijo el chofer el resto del camino.

A Rizzi no le quedaba más energía. De permanecer con los demás, habría colapsado en cualquier momento. De esta manera, descansaría un poco y tal vez despertaría con mejores noticias. La fatiga de los agentes no le importó mucho: estaban acostumbrados a perder sueño.

A pesar de haber dormido bien, Brommer sentía los músculos adoloridos en lugares del cuerpo que no recordaba haber usado. Podía oír la voz de Maureen a lo lejos, pero no descifraba lo que decía. Supo que no hablaba con Eleazar, ya que se encontraba dormido en el otro sofá de la sala. Salió del cuarto en silencio para no despertarlo.

—¿Maureen? —dijo al acercarse a la cocina.

La anfitriona, al escuchar la voz de Brommer, se calló de repente y colgó el teléfono.

—Ya era hora de que despertaras —dijo Maureen—. Pensé que dormirían todo el día.

—¿Qué hora es? —preguntó Brommer, confundido.

—Doce menos cuarto. ¿Y Eleazar?

—Dormido aún. ¿Lo despierto?

—No. Déjalo descansar. Mi amigo no nos puede atender hasta la noche.

—¿Hablabas con él? —Brommer señaló el teléfono.

—¿Eh? Ah, sí. Acaba de llamar.

—Qué raro; no oí el teléfono. ¿Cuánto costará?

—No sé. No me dijo.

—Pero ¿cómo sabremos cuánto dinero llevar? No creo que acepte un cheque o tarjetas de crédito —añadió Brommer.

—No seas tonto, ¡por Dios! Hay cajeros automáticos por toda la ciudad. Simplemente sacamos el dinero cuando estemos allí.

—No sé mucho de estas cosas, pero no sería buena idea ir a sacar dinero con un criminal. Mejor lo consulto con Eleazar.

—¡No!

—¿Qué pasa? Ha dormido suficiente ya. Además, no necesita tanto descanso: créeme.

Sin esperar a que Maureen contestara, se dirigió a la sala para despertar a Eleazar. Brommer trató de ser lo más gentil posible al principio, pero al darse cuenta de que no se despertaría, sacudió a Eleazar con más fuerza.

Eleazar abrió los ojos de repente y agarró a Brommer por el cuello. Trató de zafarse del agarre del inmortal, pero era demasiado fuerte para él. Eleazar lo sujetó hasta que pudo reconocer el rostro de Brommer, cuyos ojos parecían a punto de estallar.

—No debes despertarme así —fue la única disculpa que ofreció Eleazar.

Brommer tosía y trataba de recobrar el aire. A la vez, se sobaba el cuello marcado por los dedos de Eleazar.

—¿Qué pasó? —preguntó Maureen al escuchar los tosidos de Brommer.

—Tráele agua —respondió Eleazar.

—Pero...

—¡Vamos! —interrumpió Eleazar—. ¿No ves que está ahogado?

Aturdida por la reacción de su huésped, fue a la cocina a buscar el agua.

—¿Cuánto dinero necesitamos para tu identificación? —Brommer por fin pudo hablar.

—No sé —Eleazar miró a Maureen—. ¿Tu "amigo" no te dijo?

—No. Parecía que no tenía mucho tiempo para hablar cuando lo llamé.

Brommer lanzó una mirada hacia la mujer.

—¿No llamó él? —preguntó.

—No, no. Escuchaste mal.

—Estoy seguro de que dijiste que él había llamado. ¿No recuerdas que te dije que no había oído el teléfono?

—¿Hablaba por teléfono? —preguntó Eleazar.

—Sí, casi ahora.

—Vámonos —dijo Eleazar, solemne.

—Pero... —protestó Brommer.

—Ahora, Ernesto —interrumpió Eleazar—. Esta puta nos delató.

Antes de voltearse hacia la puerta, Eleazar lanzó una mirada colérica hacia Maureen, quien observaba a los dos hombres desde la cocina, en silencio. Abrió la puerta solo para encontrarse con el cañón de un soldado, que más bien parecía un astronauta por el traje de seguridad que usaba. El hombre armado esperaba por la señal para invadir el hogar. Eleazar permaneció inmóvil, mientras escuchaba la voz de alguien que hablaba en inglés por un altoparlante:

—Salgan con las manos sobre la cabeza. Esta es su primera y última advertencia.

Eleazar vio que estaban rodeados por más de veinte soldados, todos con trajes de seguridad blancos, como si se tratara de un derrame químico. Sabía que, si no los obedecía, llenarían el hogar de Maureen de balas.

Alzó los brazos.

Los soldados les ordenaron que se acostaran bocabajo en el piso, con las manos sobre la cabeza. Los tres accedieron sin discusión. Los esposaron y, una vez los ayudaron a pararse, los dirigieron en fila india a una furgoneta militar. Eleazar y Brommer, aunque confundidos, sabían que no tenían ninguna otra opción; pero Maureen, antes de entrar al vehículo, protestó:

—¿Por qué me llevan a mí? ¡Yo los llamé!

—Sube —dijo uno de los soldados con voz distorsionada por el filtro de aire. Fue la única contestación que recibió.

—Pero…

Maureen calló al sentir el cañón del arma de fuego en la nuca. Subió a la furgoneta y se sentó al lado de los dos hombres sin emitir otra palabra.

—Traicionada por tus amiguitos también, ¿eh? —dijo Eleazar—. ¿Por cuánto nos vendiste?

—No lo hice por dinero —contestó la mujer. Miraba al piso del vehículo. Sabía que no podría mirar al rostro a ninguno de los dos hombres. Estornudó; luego trató de recostarse de la pared lo mejor que pudo. Parecía estar mareada.

—¿Entonces? —preguntó Eleazar.

—Tienes el virus aún. Estás contaminando a todos los que te encuentras en tu camino, hasta a mí.

—No puede ser. Ernesto sigue de lo más bien, al igual que tú.

—No estés tan seguro —respondió Maureen, antes de desmayarse.

Brommer, que estaba a su lado, se viró para poder estar de espaldas hacia ella y así sentirle los brazos o el rostro (lo que pudiera alcanzar) con una de las manos que tenía amarradas detrás de él.

—Está ardiendo, Eleazar —dijo, al fin—. Si lo que dice es verdad, ¿por qué no me ha afectado a mí?

Eleazar no contestó. Estaba absorto en sus pensamientos. De todas formas, no sabía la respuesta.

XLVII.

Por primera vez en mucho tiempo, Naín no estaba del todo seguro de cuál debía ser su próxima acción. Estaba paralizado por la incertidumbre. Temía actuar y empeorar la situación. Todo el trabajo que habían realizado por casi una década parecía haber sido en vano. El virus se propagaba alrededor del mundo, pero no estaban listos el antídoto ni la vacuna. Peor aún, Stallworth sospechaba que era culpa de NCT. El doctor apenas se equivocaba, por algo lo había contratado.

Se esperaba que en cualquier momento el virus mutara en algún país asiático y existían planes para suprimir su propagación, pero por alguna razón apareció por primera vez en el lugar menos esperado: los Estados Unidos. Todo había apuntado a que sería en Asia que el H5N1 se convertiría en un virus que se podría propagar entre humanos. Hasta la fecha, solo ocurría entre aves; muy pocas veces infectaba a una persona. Cuando ocurriera la inevitable mutación, las naciones del primer mundo cerrarían sus fronteras hasta tanto se pudiera vacunar a la población. Stallworth estaba seguro de que pronto podrían fabricar la vacuna. La meta era lograrlo antes de que la Gripe mutara.

Pero ya habían escuchado informes de diferentes partes de la nación. La Gripe se propagaba por el suelo norteamericano. Tanta gente junta haría imposible la supresión del virus.

Naín sospechaba que él era el culpable. Había causado que el virus mutara, para así poder fabricar la vacuna. Era el peor problema que había con el H5N1: no podían producir una vacuna hasta que la gripe aviaria lograse transmitirse entre humanos. Hasta entonces, solo podían esperar. Pero Naín estaba acostumbrado a agarrar por el cuello lo que necesitaba del mundo. Esperar era para la gente con poca ambición. Stallworth, bajo condiciones controladas, lograría la mutación de H5N1 y luego encontraría cómo vencerla. Naín, el doctor y NCT se convertirían en leyendas. El nombre de Naín sería tan inmortal como el de Pasteur o Fleming.

El mendigo había hecho trizas sus planes. Pero ¿cómo? No se suponía que estuviera vivo y, mucho menos, que regara el virus por toda la ciudad. Desde Seattle había infectado al resto de la nación. Era un portador, pero no sufría de los síntomas. Entre las aves, los patos guardaban la misma característica: portaban el virus, infectaban a las demás aves, pero no se enfermaban. Nadie podía explicar por qué. Sin duda, el mendigo había contagiado a varias aves que, con toda probabilidad, habían migrado hacia el sur. Esa había sido la explicación que Stallworth le había dado en la reunión una hora atrás.

Cuando escuchó la llamada de Rizzi, estuvo tentado a ignorarla. Había soportado suficientes malas noticias ese día. Resignado, decidió que no valía la pena evadir lo que le pudiera decir su asistente. Había que encarar lo peor.

—Dime —contestó.

—Los tenemos, jefe.

Había esperanza aún. Tal vez Stallworth podría averiguar cómo el mendigo había resistido el virus. Esa información le facilitaría fabricar una vacuna o un antídoto. Era la última oportunidad para controlar la situación.

—¡Bien! Dile a Stallworth. Nos reuniremos en media hora en su laboratorio. Hazle saber, por favor.

Terminó la llamada sin despedirse.

Lo que había comenzado con un estornudo, pasó a convertirse en enfermedad. Poco antes de llegar a la sede de NCT, y ya despierta, Maureen se quejaba de dolor de cabeza, frío y dolor en los huesos, todos síntomas de la gripe. Tanto a Brommer como a Eleazar les pareció raro el cambio de condición repentino de la mujer. Aún no sabían nada de la pandemia que afectaba al resto del mundo.

Una vez se detuvo la furgoneta, los llevaron a un cuarto de paredes blancas. Había una sola entrada y un espejo inmenso en la pared. Por lo demás, estaba vacío por completo. Eleazar sabía que otras personas los observaban desde el otro lado del cristal. Era como estar en una pecera.

Maureen no tenía fuerzas para caminar. Brommer y Eleazar la cargaron hasta el cuarto y luego la acostaron en el suelo. Eleazar se acercó al espejo, como si pudiera ver lo que había al otro lado.

—Su informante necesita atención médica —dijo Eleazar, sin emoción—. No creo que sobreviva mucho más.

La mujer temblaba y apenas podía hablar. Brommer la observaba en cuclillas a su lado. Al escuchar las palabras de Eleazar, se viró y dijo:

—¿Cómo puedes estar tan tranquilo? ¿No te importa?

Eleazar miró a Brommer a los ojos y mantuvo silencio por unos segundos.

—No. No me importa —respondió, al fin—. Por ella es que estamos aquí como animales en el zoológico. Además, tarde o temprano, todo el mundo muere. ¿Qué diferencia hay si pasa hoy o veinte años después?

Brommer estaba atónito. Le tardó varios minutos responder:

—¿Sabes qué? Para llevar tantos años vivo, apenas eres humano.

Antes de que Eleazar pudiera contestar, la única puerta del cuarto abrió. Dos hombres armados y vestidos con los acostumbrados trajes de seguridad entraron. Brommer se alejó de la mujer, y se paró al lado de Eleazar, según le ordenó el guardia. Uno de ellos se quedó al lado de la puerta, con su rifle apuntado hacia los prisioneros, mientras el otro recogía a la mujer del piso.

—¿Qué hacen? ¿A dónde la llevan? —exigió Brommer.

—Tranquilo, Ernesto —dijo Eleazar—. Es probable que se la lleven para darle atención médica. Si no, morirá aquí.

Los dos prisioneros permanecieron en silencio mientras los guardias se llevaban a Maureen. Una vez solos, Brommer se dejó caer al piso, deslizándose por la pared. Eleazar se sentó con las piernas cruzadas, como si meditara.

—Alguien vendrá a hablarnos pronto, así que trata de mantener la compostura —dijo Eleazar.

—¿Cómo sa...?

—No saben el desastre que han causado —interrumpió una voz transmitida por un altoparlante oculto. La voz retumbaba por todo el cuarto—. Los necesitamos para evitar que mueran millones de personas.

—¿Quieren mi ayuda? ¿Después de todo lo que me han hecho? Están locos —respondió Eleazar. Se dirigía al espejo.

—¿Ayuda? Supongo que sí —respondió la voz.

La puerta abrió de repente y entraron dos soldados. Cada uno apuntó una pequeña caja negra a los prisioneros y, sin advertencia, dispararon. Brommer y Eleazar recibieron una descarga eléctrica que los derribó a ambos.

—Pero no necesito permiso para obtenerla —dijo la voz de Naín por el altoparlante—. Llévenlos al laboratorio de Stallworth.

XLIX

Amarrado a la camilla en el laboratorio y con todos los músculos adoloridos, Eleazar solo podía pensar en cómo salir de allí.

—Casi setecientos años desde la Inquisición sin que nadie más me molestara

—murmuró— para que estos pendejos me capturen dos veces en la misma semana. A la verdad que tienes un sentido de humor macabro —dijo mirando al techo.

Sentía como si hubiera nadado por horas. La descarga del *taser* afectaba al cuerpo entero. Estaba seguro de que Brommer tuvo que haber perdido control de sus intestinos. No estaba acostumbrado a este tipo de trato.

Intentó levantarse, pero estaba amarrado del pecho, los brazos y las piernas con correas de cuero. No tendría la suerte de la última vez. El científico inglés no caería con el mismo truco. Además, estaba bastante seguro de que esta vez no tratarían de matarlo. En vez de evidencia en contra de la compañía, se había convertido en un espécimen de laboratorio; al parecer, Brommer también. Se preguntaba dónde lo tenían y qué le harían.

No entendía por qué los acusaban de haber creado un desastre. Todo indicaba que la compañía misma había creado el virus.

Sus pensamientos fueron interrumpidos por la llegada de un hombre vestido con el mismo tipo de traje blanco que los demás.

—No esperaba tenerlo a usted aquí otra vez —era la voz distorsionada de Stallworth—. Ahora tengo tiempo para examinarlo como se debe.

—¿Cuál es la insistencia de mantenerme aquí? No les he hecho nada. Solo quiero vivir en paz. ¿No pueden comprender eso?

—Oh, lo comprendo perfectamente. Todos quisiéramos lo mismo, ¿no? Sin embargo, estoy seguro de que usted es la clave de nuestro problema. Y es un problema grave, señor. Más de treinta millones de personas pueden morir si no logramos conseguir una cura para el virus que usted porta.

—¿Yo? Pero ¡no tengo culpa! Ustedes mismos me contagiaron.

—Cierto, cierto —dijo Stallworth. A la vez que conversaba, extraía sangre del brazo de Eleazar—. De alguna manera, su cuerpo ha logrado combatir la gripe aviaria. Estoy seguro de que podremos replicar el proceso. Lo que me preocupa es que reside en usted. El virus no muere.

—Tal vez sea algo que la ciencia no puede explicar.

—No. Tarde o temprano, la ciencia explica todo. Solo nos tardamos en comprender lo que descubrimos —el inglés guardaba las muestras de sangre.

—¡Escúchame! El virus no me hace efecto, porque soy inmortal. ¿No te preguntas cómo sobreviví a tu veneno la última vez? Llevo cerca de veinte siglos vivo. Nada puede matarme.

Stallworth miró a su espécimen con curiosidad. Detrás de la visera plástica se podía notar una sonrisa.

—Sabía que sufría de algún defecto mental. Me extrañaba que un hombre tan lúcido estuviera en una situación que lo hiciera llegar al Caldero. Me daba lástima tenerlo aquí, en realidad. Pero ya veo cuál es su incapacidad.

—Puedo probártelo. Verifica la herida de la aguja. No está, ¿verdad?

El doctor levantó el vendaje pequeño que había colocado en el brazo de Eleazar. Como le había dicho su "paciente", no existía herida alguna.

—No significa nada. Es solo una jeringuilla; sana rápido. Además, llevo décadas en esto. Creo que soy capaz de tomar muestras de sangre sin herir a mi paciente.

—¡Córtame, entonces! Usa un bisturí, para que veas cómo sano de inmediato.

—Basta, señor. Tengo mucho trabajo como para seguirle la corriente a un loco.

—¡No! ¡Mire! —gritó Eleazar. Mordió su labio inferior lo más fuerte que pudo hasta que su colmillo atravesó la carne. Una línea de sangre corrió por su mejilla hasta la camilla, ahora manchada.

—¡No haga eso, señor! —ordenó el inglés, pero Eleazar no hacía caso. Solo gruñía rabioso, sin dejar de morderse el labio. Stallworth, alarmado, buscó una jeringuilla de una de las gavetas cerca de la pared. Sacó un frasco y llenó la aguja con un líquido claro: era el equivalente de cinco dosis. Con cautela y un poco de miedo, inyectó a Eleazar en el brazo izquierdo. Segundos después, el prisionero se desmayó.

El inglés sudaba dentro del traje y lamentaba no poder limpiarse las gotas de sudor que le caían en los ojos. Sacó una toalla pequeña de la gaveta y la humedeció en el grifo. Luego, limpió la sangre de la boca de Eleazar. De repente, soltó la toalla manchada encima del rostro de Eleazar, quien dormía profundo. El doctor sacudió la cabeza para espantar lo que creyó alucinar. Vaciló antes de acercarse a su paciente otra vez. Quitó la toalla y examinó la boca de Eleazar con detenimiento. La herida había desaparecido.

Stallworth parecía estar en un trance mientras terminaba de limpiarle la sangre a Eleazar. Despacio, recogió las muestras que había adquirido. Movía la cabeza de lado a lado, como si quisiera rechazar lo que acababa de ver.

L

Naín no entendía por qué el doctor lo había llamado con tanta urgencia. Jamás lo había escuchado tan perturbado y temía lo que podría significar.

Le molestaba que no le adelantara nada por teléfono. Así, podría prepararse para la noticia, en vez de imaginar todo tipo de situación.

Entró en la oficina de Stallworth y lo encontró frente al monitor de la cámara de video. En la pantalla, podía ver al dichoso mendigo atado a una camilla, mientras que el doctor le tomaba una muestra de sangre. El inglés veía la misma escena una y otra vez, absorto. Brincó en la silla cuando notó a Naín a su lado.

—¡Por Dios! ¿No puedes tocar a la puerta? —dijo Stallworth.

—Vamos, tranquilo. Pensé que me esperabas.

—No te escuché entrar.

—No me sorprende. Parece que no has levantado la vista de la pantalla hasta ahora. ¿Es lo que te tiene así? —Naín apuntó al monitor.

—Jamás he visto algo semejante. Si creyera en milagros, lo llamaría así.

—Pero ¿qué pasó? ¿Se mordió la lengua?

—El labio. Pero mira ahora, cuando le limpio la sangre…

Naín permaneció en silencio mientras veía el pietaje.

—No entiendo. ¿Qué pasó?

—¿No notaste la herida?

—¿Qué pasa con ella?

—No está cuando le limpio la sangre. Mira otra vez.

Esta vez Naín se concentró en mirar la boca del mendigo.

—¿Cómo lo hizo? —dijo sorprendido.

—No tengo idea. Sanó en segundos.

—¿Le has hecho alguna otra prueba?

—No. Vine aquí para comprobar lo que había visto.

—Comprobemos esto. Consígueme un traje de seguridad y un bisturí —dijo Naín.

LI

Los dos hombres entraron en el cuarto y Eleazar se quejó, frustrado. Debió de haber sabido que demostrar su maldición sería un error, pensó.

—Al parecer, eres una persona muy especial —dijo uno de los hombres—. Doctor…

Al acercársele, Eleazar reconoció a Stallworth a través de la visera. Tenía un bisturí en la mano derecha. Sin aviso ni palabra, le hizo un tajo en el brazo izquierdo. Eleazar gritó de dolor.

Naín observó con detenimiento cómo se reparaba la herida.

—Otra vez, pero en otra parte —dijo Naín.

Stallworth cortó una línea vertical en el pecho del mendigo.

—¡Hijos de puta! —gritó Eleazar.

—¿Te duele? —preguntó Naín.

—¿No es obvio?

—¿Qué sientes cuando sana?

Eleazar miró a Naín, furioso. Lo trataban como si fuese un animal y esperaban que él fuese complaciente. Sin embargo, contestó. No sabía qué más podía hacer.

—Como un picor. Luego, nada.

—¿Qué eres? ¿Cómo es posible?

—Soy un hombre, nada más. Con la desdicha de jamás poder morir.

—Jumm. Serás inmortal, pero tienes poca ambición. Daría cualquier cosa por ser como tú. Todo lo que podría lograr sin las limitaciones del cuerpo. Dime, ¿cuántos años tienes?

—Más de dos mil.

—¿Más de…? Por favor, no me creas un idiota. No pareces tener más de treinta años, por Dios.

—Más bien por Jesús. Por culpa de él no he muerto desde que me revivió.

—¿Revivió? ¿Cómo a Láza…?

130

—Lázaro, sí —interrumpió Eleazar.

—Interesante —Naín se alejó del mendigo—. Doctor, creo que esto es suficiente por ahora.

Stallworth asintió y los dos hombres salieron del cuarto. Eleazar miró hacia el techo y reanudó su espera. Perdía la esperanza de salir de allí con cada minuto que pasaba. Dios no solo lo había abandonado, pensó, sino que ahora lo castigaba también. Preferiría que lo ignorara, decidió.

LII

El escritorio de Stallworth era un bosque de papeles sueltos. Naín y otros en la empresa le habían preguntado cómo podía encontrar algo entre tanta desorganización, a lo que el doctor contestaba que estaba organizado a su manera. No permitía que nadie le tocara un solo papel. De alguien hacer tal cosa, el inglés se tornaba insoportable hasta encontrar lo que buscaba. A Naín le tardó acostumbrarse a la peculiaridad de Stallworth, pero aprendió a aceptarlo así.

—Entonces, ¿aún tiene el virus? —preguntó Naín.

—Sí, pero no le afecta. Es un caballo de Troya: contagia a cualquiera que se le atraviese en el camino —contestó el doctor.

—¿Y Brommer no está contagiado?

—No. Tampoco entiendo por qué. Es la persona que más ha tenido contacto con el mendigo —negaba creer que era Lázaro—. Ahora bien, encontré que comparten genes. Diría que son familia, aunque lejana.

—¿Primos?

—Más bien como primos segundos, si fuese a adivinar.

—¿Estás seguro? Parece ser demasiada casualidad.

—Estoy seguro, sí. Si en realidad tiene más de dos mil años, no sería tan raro. Piensa: este hombre debe de haber tenido miles de hijos durante el trayecto de su vida. No me sorprendería si más de la mitad de la población del mundo compartiera los rasgos de ADN que le encontré al señor Brommer. Tal vez tú o yo seamos familia lejana de él también.

—¿Crees que sea cierto? No sé quién está más loco: él, por creerse que es Lázaro; o yo, por pensar que pueda estar diciendo la verdad.

—Pues, no sé qué decirte ya. Mis pruebas indican que es un hombre de treinta a cuarenta años. Sin embargo, la comparación con el ADN de Brommer sugiere que es un ascendiente.

—Esto es de locos —dijo Naín dejando caer la cabeza en resignación. Luego, se puso de pie—. Por un lado, podemos tener a una persona, ¿qué? ¿Bíblica? ¿Santa? ¿Cuál sería la consecuencia de no creerle?

—Tampoco podemos dejarlo ir. Ya ha hecho suficiente daño.

—¿Qué sugieres? —preguntó Naín—. ¿Matarlo?

—Ya tratamos, ¿recuerdas? Creo que no hay manera de matarlo. Sus órganos regeneran.

—¿Regeneran?

—Sí. Así sobrevivió el virus, el veneno que le di y quién sabe cuántas otras cosas más.

—Pero aún es portador del virus.

—Parece que el H5N1 se adaptó a su cuerpo. Viven en armonía.

—Qué alegría —comentó Naín, sarcástico—. ¿Crees que puedas crear una vacuna o una cura si lo estudias?

Stallworth se quitó los espejuelos, cerró los ojos y se sobó el puente de la nariz con la otra mano. Antes de hablar, se puso los lentes otra vez.

—Es posible, sí. Tal vez pueda replicar sus célu... ¡No! —el doctor se levantó del asiento. Los ojos parecían brillarle con entusiasmo—. ¡No tengo que replicar nada!

—¿De qué hablas? —Naín jamás se había acostumbrado a la brillantez de Stallworth. Suponía que el viejo sabía cosas que él nunca podría llegar a comprender. Era un hecho que no era de su agrado.

—¡Regenera los órganos!

—Sí, dijiste eso ya.

—¿No ves? ¿Recuerdas la vacuna contra el polio?

—He leído de ella, sí. Hubo una gran carrera para desarrollarla, o algo así.

—¿Sabes cómo la produjeron?

—Pues, no. Si supiese de esas cosas, no te necesitaría a ti.

—Encontraron monos en el Congo que no se contagiaban con polio. Produjeron la vacuna con los riñones de esos monos, llamados *rhesus*. Te simplificaré el proceso para que entiendas: les extirpaban los riñones y los procesaban hasta hacerlos líquido.

—¿Procesaban?

—Piensa en una licuadora.

—Ah. Entonces las vacunas eran riñones de mono.

—Al principio, sí. No es tan sencillo como eso, pero ¿para qué complicarte la vida? Luego, pudieron sintetizarla sin que tuvieran que utilizar los riñones de los *rhesus*.

—¿No era peligroso? Utilizar materias orgánicas para la vacuna, digo.

—Creemos que sí. Hay quienes creen, y me incluyo, que el VIH se originó de ahí. Los monos portaban un virus semejante.

—¿Cómo nos ayuda esto?

—El riñón del mendigo regenerará luego de extirparse.

—¿Hacer la vacuna con su riñón?

—Por lo que sabemos de él, tendríamos una fuente de material inagotable, aunque en cantidades limitadas. Tal vez, con más tiempo, podríamos sintetizar la vacuna.

—Dios…, qué nefasto.

—Han muerto miles de personas ya, Naín. Suena cruel, sí, pero salvaríamos a millones de personas.

—Si funcionara... No hay manera de que puedas estar seguro de que funcione.

—No, pero ya tenemos a alguien con quien probar.

—¿La mujer? Por cierto, ¿cómo sigue?

—Empeora cada hora que pasa. No creo que dure mucho más, por más atención que le brindemos.

—¿Cómo la ayudaría una vacuna? Es muy tarde para prevenir que se contagie.

Stallworth suspiró, nervioso por lo que estaba a punto de decir.

—Creo que el mendigo nos puede dar una cura. Al introducir sus células en otro organismo, el virus se adaptaría para vivir con el portador, en vez de matarlo. Al menos, eso espero.

Naín guardó silencio mientras trataba de decidir cuál sería la acción que tomaría. Por varios minutos, no hubo sonido en la oficina de Stallworth.

—Bien —rompió el silencio Naín—. Morirá de todas formas; al menos así tiene una oportunidad. Y no le podemos hacer daño al mendigo, como hemos comprobado. Hazlo.

El doctor salió de inmediato a su laboratorio, y dejó a Naín solo con su conciencia.

LIII

Entraron dos hombres con los acostumbrados trajes de seguridad y empujaron la camilla de la cual Eleazar estaba amarrado. Podía ver instrumentos quirúrgicos y máquinas que adivinó ser de hospital. Los dos hombres lo desataron y lo viraron para acostarlo del costado izquierdo. Luego, volvieron a amarrarlo, esta vez con el brazo sobre la cabeza; parecía nadar en la camilla. Los guardias abandonaron el cuarto y luego entró Stallworth con dos personas más. Uno de ellos le puso una máscara con un tubo conectado a un tanque de gas sobre la boca, y le dijo que contara hasta diez.

Eleazar trató de aguantar la respiración, pero al minuto sintió que su pulmón estallaría. Respiró. Luego, no vio nada más.

Despertó sin saber cuánto tiempo había pasado. Sentía que algo lo tocaba en el costado derecho, como si fuese un dedo, pero frío. Tenía una sábana por encima de la cabeza y, aunque no podía verlos, podía sentir la presencia de otras personas a su lado.

—Creo que despertó, doctor —dijo alguien con la voz distorsionada. Seguramente se trataba de uno de los hombres que había entrado con el inglés.

—¡Sujétalo! No podemos detenernos ahora —dijo Stallworth, también con voz metálica—. La herida sellaría y ha sido bastante difícil operarlo hasta ahora. Su cuerpo sana rapidísimo.

El frío que Eleazar sentía en el costado se convirtió en calor y, luego, en un dolor agudo que se intensificaba con el paso del tiempo. Sentía que la arrancaban algo dentro del cuerpo. Sus gritos llenaron la sala de operaciones.

—Ya —dijo Stallworth, con voz temblorosa—. Puede descansar ahora. Para la próxima, usaremos más anestesia. Tiene una resistencia formidable. Una persona normal no hubiese despertado tan pronto.

El dolor cesaba poco a poco. Eleazar podía sentir gotas de sudor en el rostro.

—¿Qué me han hecho? ¡Hijos de puta!, ¿qué me han hecho? —gritó Eleazar. Sintió una picada en el hombro; luego perdió la conciencia.

LIV

El riñón de Eleazar fue colocado en hielo y transferido al laboratorio de Stallworth, quien no podía esperar para trabajar con el órgano. Las gotas de sudor bajaban por las mejillas del doctor dentro del traje protector. Ignoraba la incomodidad de su vestuario mientras trabajaba; no había tiempo para descanso.

Colocó el riñón dentro de una máquina parecida a una licuadora. En segundos, el órgano se convirtió en una pasta roja. La máquina continuó el proceso y, poco a poco, la materia orgánica de Eleazar se convirtió en líquida. Al cabo de una hora, Stallworth pudo añadir los químicos que separarían las células activas de las ya muertas.

Tres horas después, el doctor llenó una jeringuilla con un líquido claro y viscoso, que esperaba que fuera la vacuna contra la gripe aviaria. Por fin podría poner a prueba su hipótesis.

Encontró a Maureen inconciente. Un tubo plástico corría desde una bolsa llena de suero hasta la vena en el brazo izquierdo de la mujer. Vaciló un momento antes de insertar la aguja en un pequeño canal diseñado para introducir medicamentos en la sangre de la paciente. Estaba casi seguro de que su teoría era correcta. Se encontraba a momentos de lograr lo que había anhelado por todos estos años.

Ahuyentó las dudas de cuán ético era lo que hacía. Introdujo la aguja y apretó. No se podía notar ninguna diferencia entre el suero y el medicamento en la línea. Era tarde para arrepentimientos.

Sin embargo, no sería una cura inventada por él. No había manera de explicar lo que había producido y, cuando las autoridades analizaran el compuesto, sabrían que se había hecho con material orgánico de humanos. Su nombre se mencionaría junto con el de Mengele o Rascher.

No podía pensar en eso. Tendría que confiar en Naín para distribuir la medicina sin que se descubriera cómo la habían fabricado. El presidente de NCT tenía los contactos para ello.

Decidió concentrarse en su paciente, en vez de pensar en cosas que no podía controlar. Aunque sabía que tampoco tenía mucho control sobre el destino de la mujer. Se dio cuenta de que ya nada estaba en sus manos y sintió alivio. Había hecho todo lo posible, aunque había tomado inspiración del propio Maquiavelo.

Otro pensamiento atravesó la cabeza del doctor y sintió temor. Si la cura funcionaba, con toda probabilidad el mendigo era Lázaro, el hombre a quien Jesucristo había revivido. Entonces Dios era una realidad. Stallworth había sido ateo por décadas. Ahora se preguntaba cómo sería juzgado. En nombre de la ciencia y de la humanidad, había causado la muerte de cerca de cien personas (sin que contara a los que habían muerto a causa de la pandemia). ¿Iría al infierno? ¿Existía tal cosa? Por primera vez en muchos años dudaba de lo que la ciencia y la razón le habían enseñado: Dios era un cuento de hadas.

Como respuesta a su pregunta, escuchó la voz débil de la mujer:

—¿Dónde estoy?

Stallworth no sabía si celebrar o llorar.

LV

Rizzi había llamado a algunos funcionarios del Gobierno para agilizar la distribución del medicamento. Para su sorpresa, no tuvo que ofrecer dinero. Todos tenían al menos un familiar que había sido afectado por la pandemia. Solo requerían que se les diera acceso a la cura antes que a los demás, garantía que hizo el asistente sin consultar a Naín.

El presidente de NCT le había dicho que bajo ninguna circunstancia se podía someter la vacuna a las pruebas de rigor. Al asistente le pareció una tarea imposible, pero no había contado con el pánico que afectaba al mundo entero. Congresistas, senadores, legisladores, líderes de naciones y los familiares de los funcionarios habían estado en contacto con el virus de alguna manera. Las naciones estaban en crisis. Los que no estaban enfermos no se atrevían a salir para reunirse con nadie, y todas las labores, la producción de alimentos y todo tipo de intercambio personal habían cesado. Los más afortunados eran aquellos que tenían acceso a un traje de protección y podían salir a buscar comida. Si no hubiese sido por los teléfonos e Internet tampoco hubiera existido ningún tipo de comunicación.

La cura, llamada *Lázar*, fue recibida sin preguntas. Solo existían cantidades muy limitadas, lo que produjo ofertas obscenas de dinero para obtener un frasco del medicamento. Los afortunados que sí recibieron el tratamiento se recuperaban en menos de veinticuatro horas con la satisfacción de que no tendrían que preocuparse por la gripe jamás. De todas formas, más personas morían todos los días. La cifra de muertos se acercaba a los cien mil; la de enfermos era el triple.

Naín se preocupaba de que la cura milagrosa no lograra detener el avance del virus. Intentaron replicar la droga sintéticamente, sin éxito. Lo que habían producido era idéntico hasta en el nivel molecular, pero no tenía efecto alguno en las víctimas. Naín sabía que su cura no era respuesta suficiente ante la amenaza.

Descendió en el ascensor hacia la celda de Lázaro. Era la primera vez que bajaba desde la cirugía inicial para extirpar el riñón del mendigo, dos semanas antes.

Encontró a Eleazar encadenado de pies y manos, con una cadena adicional que llegaba hasta la pared. Tenía puesto tan solo una bata de hospital azul claro. Naín podría estar a solas con el mendigo sin temor alguno. Sus guardias eran de suma confianza y, además, había garantizado el silencio de ellos con el medicamento que les había salvado la vida.

—Lamento que tengas que estar tan incómodo —dijo Naín.

Eleazar lo miró a los ojos, en silencio.

—Espero que comprendas —continuó— que has salvado muchas vidas con tu sacrificio.

—No es sacrificio si no es voluntario —contestó Eleazar. Parecía escupir las palabras. Temblaba del coraje.

—Tienes razón, supongo. Pero era necesario, ¿comprendes?

—¿Por qué coño te importa? Todos los días. ¡Todos los días! ¡Me abren como si fuera un sapo!

—Tu riñón ha salvado —y salvará— a miles. Es un milagro cómo se regenera todos los días, como si jamás te hubieran tocado.

—Tu milagro es mi infierno, imbécil. ¿Sabes que ya la anestesia no funciona? ¿Sabes cómo duele?

—Sí…

—¡No sabes un carajo! —interrumpió Eleazar.

—Tienes razón: no sé. Pero, si estuviese en tu lugar, lo haría con gusto.

—¿Oh, sí? ¿En mi lugar? ¿En mi Dios-se-caga-en-mí lugar? Si fueras yo, tampoco te importaría un coño cuánta gente muere. ¿Sabes por qué? Porque todo el mundo se muere, tarde o temprano. Nada cambia eso. Todo el mundo muere, excepto Lázaro, el chiste más cruel de Jesús. Yo que lo saqué de su puta miseria al clavarle la lanza en el costado...

—¿Tú? Pero la Biblia dice que...

—La Biblia dice, la Biblia dice... ¿Cómo carajo creen lo que dice ese "libro"? Si tiene dos datos correctos es pura casualidad. Yo maté a Jesús, porque, estúpido que fui, lo iban a dejar allí clavado por días; tal vez semanas. ¿Crees que un soldado romano iría a desobedecer órdenes? Lo saqué de su miseria, y mira cómo me ha pagado.

—Para alguien que dice haber conocido a Cristo, estás lleno de blasfemias.

—¿Acaso te place creer en un dios que dejaría que su hijo sufriera de esa manera? ¿Un dios que permite que violen niños? ¿Que nazcan personas parapléjicas? Está lleno de chistes crueles. Tu "Papa Dios" no existe. Es un niño que no sabe qué hacer con sus juguetes y hace tiempo que se aburrió de nosotros.

—No sé qué pensar ya. Hasta que te conocí, pensé que no había un Dios. Ahora que lo sé, vine aquí para pedirte; no, rogarte tu perdón. Porque sé que he hecho algo horrible, pero creía que lo hacía por el beneficio mayor.

—¿Quién carajo te dijo que hacía falta otro "redentor"? Estás vivo para que disfrutes del poco tiempo que tienes.

—Y, ¿quién eres tú para decir eso? Lo único que haces es quejarte de lo mal que has pasado tus, ¿qué? ¿Dos mil años? ¿Y no has aprendido a vivir? Si yo soy un imbécil, un pendejo, pues para ti hay que inventarse una nueva palabra.

Eleazar lanzó un grito de pura furia. Quería agarrar a Naín por el cuello y apretar hasta que le explotara la cabeza, sentir su sangre caliente en el rostro y verle los ojos salírsele de sitio.

Pero estaba inmovilizado.

Solo podía gritar hasta que la garganta le sangrara. Cuando no pudo más, se desplomó. La saliva se le escapaba por la comisura de la boca, hasta formar un charco minúsculo en el piso.

Naín jamás había escuchado algo así. Era como si cada frustración y angustia que el inmortal había guardado hubiesen encontrado su escape. Estaba seguro de que solo podía sentir una fracción del dolor que sentía Lázaro y eso era más que suficiente.

—En verdad, lamento lo que te he hecho…, y lo que te debo seguir haciendo. Perdóname —Naín se volteó y abandonó la celda.

Horas después de que Naín dejara solo a Eleazar, trajeron a Brommer a la celda. Al igual que Eleazar, estaba vestido con una bata de hospital. Parecía haber aprovechado la comida que les brindaban a diario. La bata no lograba esconder el tamaño de la panza.

—Parece que no te ha ido tan mal a ti —fue el único saludo de Eleazar.

—Me sacaron sangre par de veces, pero nada más. Pusieron un televisor en mi celda. No vas a creer lo que pasa en el mundo ahora mismo.

—Ya me han contado.

—Muchísima gente ha muerto —continuó Brommer—. La gente apenas sale de sus casas y, de hacerlo, utilizan mascarillas. Hasta los reporteros salen así en la tele.

—Ernesto, por favor; no me importa. ¿Por qué te han traído aquí?

—No sé. Solo sé que Naín ordenó que me trajeran acá.

—Jum. Se siente culpable. Es su manera de disculparse, supongo.

—El viejo inglés me dijo que era descendiente tuyo. ¿De qué habla?

—No me sorprende. En dos mil años me he acostado con muchas mujeres. Ni me acuerdo de la mayoría. Algunas tuvieron hijos, y esos tuvieron también. Es como Adán y Eva, solo que con más Evas. Explicaría por qué no te has contagiado con el virus, supongo.

—¿Nunca te acercaste a ninguno?

—¿Eh?

—Que si nunca te acercaste a alguno de tus hijos.

—Se supone que ellos me entierren a mí; no al revés. Al principio sí, pero ya no puedo soportar ver a más gente que amo morir.

Hubo un silencio incómodo entre los dos hombres. Permanecieron así por un rato largo, hasta que al fin Eleazar habló.

—¿No sabes nada de tu amiga?

—Se recuperó, me dijo el inglés. Gracias a ti.

—No sabes lo que me cuesta.

—¿Qué te hacen?

—Todos los días, a la misma hora, llenan esta celda de gas para dormirme. Luego, me anestesian y me sacan un riñón. A sangre fría casi, ya que, por más anestesia que me den, despierto a mitad de cirugía.

Brommer miró hacia el costado de Eleazar.

—No veo ningún vendaje. Siempre me asombra lo rápido que sanas.

—Al parecer, eso hace que la operación sea más difícil. Duele igual. No había sufrido así desde la Inquisición.

—¿Española?

—¿Conoces otra? Torquemada mismo quería "salvarme". Era un verdadero sádico: se masturbaba con mis gritos de dolor. Decía que yo le metía el diablo dentro. Créeme, le hubiese metido otra cosa si me hubiera zafado. Luego, cuando estaba convencido de que me había "purificado" me enviaba a la hoguera. Siempre se sorprendía cuando me despertaba, aún quemado.

—¡Por Dios!

—Esa era la excusa, sí.

—¿Cómo te encontraron?

—Ah. Errores de juventud, aún con más de mil años de edad. Me hacía pasar por mí mismo.

—No te entiendo.

—Había charlatanes que se hacían pasar por mí o decían que eran el Judío Errante. Se hartaban de comida y ofrendas a cuesta de sus trucos. Decidí que era una manera fácil de ganarme la vida. Les demostraba cómo me sanaba, así como hice contigo. Me fue bien al principio, hasta que uno de los curas dijo que yo era un engendro de Satanás. Fui capturado y condenado a la hoguera. Cuando vieron lo que pasaba, llamaron a otros oficiales de la Iglesia. En poco tiempo, estaba en manos de Torquemada. Pensé que jamás lograría salir de allí.

—¿Y cómo escapaste?

—Logré convencer a uno de los inquisidores de que estaba torturando a un mensajero del Señor. Me dejó ir. Pobre diablo. Se desquitaron con él, estoy seguro. Aprendí mi lección después de eso.

—El mundo es demasiado pequeño como para permanecer escondido por mucho tiempo, Eleazar.

—Fue por un momento de debilidad. Hay maneras de mantenerse al margen, por más tecnología que exista. Es solo cuestión de simplificarse la vida. Cuando deambulaba, mi única preocupación era el hambre. Sin embargo, tú debes pensar en tu trabajo, las cuentas, tu esposa... Por cierto, ¿no sabes nada de ella?

—Está aquí. Aún no sé por qué, pero Naín me dijo que está bien. Ya la vacunaron. Gracias a ti, otra vez.

Antes de que Eleazar pudiera contestar, los guardias irrumpieron en el cuarto para llevarse a Brommer. El inmortal fue a estrecharle las manos encadenadas, pero Brommer lo abrazó. "Gracias", le dijo al oído.

Solo en la celda de nuevo, Eleazar se sentó a esperar a que lo vinieran a recoger para la cirugía diaria. Había salvado a varias personas con su sacrificio forzado y, al parecer, más personas sobrevivirían gracias a él. Sin embargo, no lo hacía sentir nada de orgulloso, sino violado.

LVII

Aún no podía aceptar todo lo que había pasado en menos de un mes. Era como si nada fuera real, pero Brommer sabía que todo había cambiado. Nunca volvería a la normalidad. De cierta manera, estaba emocionado por el cambio que había ocurrido en su vida. Era uno de los afortunados que sobreviviría a la pandemia.

Pero ¿lograría salir de la prisión glorificada en que estaba? Las intenciones de Naín no eran claras. Se preguntaba qué le pasaría a Eleazar, condenado a suplirle al mundo entero una vacuna. Después de hablar con Eleazar, por fin pudo comenzar a comprender la agonía que le había tocado al inmortal. ¿Cuánto más tendría que sufrir?

Pensó en Sandra. Se dio cuenta de lo mucho que le hacía falta. ¿Volverían a estar juntos?

Fue como si Dios mismo hubiese decidido contestarle. La puerta de la celda abrió y vio a Sandra parada en la entrada. Tan pronto lo vio, corrió a abrazarlo. Brommer la apretó hasta que la mujer se quejó. La puerta cerró sin ellos darse cuenta.

Luego, desnudos en la cama, se preguntarían si alguien los habría observado por alguna cámara y se sentirían abochornados. Pero, en ese momento, nada importó. El abrazo se convirtió en instinto. Sin palabra, Brommer la acostó y comenzó a quitarle la ropa, mientras que ella peleaba con el nudo de la bata de hospital de su marido. Desesperada, le quitó la bata por encima de la cabeza. Después, ella se sonrojaría al ver la marca en el cuello que le causó con el cordón de la prenda. Mientras Brommer le besaba el cuello, los pezones, el estómago, la vulva y la entrepierna, ella luchaba por guiarlo dentro de ella. Brommer le pasaba las manos por todo el cuerpo, le agarraba los senos, las nalgas, las piernas y cualquier otra cosa que sintiera sedosa. Sandra gemía cada vez que él le pasaba la lengua por la piel. Cuando lo sintió dentro de ella, suspiró mientras se aseguraba con las piernas de que él no se escaparía. En ese momento, Brommer supo que no tenía ningún control. Ella no lo dejaría ir hasta que la saciara.

—No te atrevas a venirte —le ordenó Sandra al oído.

Brommer no se atrevió a desobedecerla hasta que la oyó gritar. Apenas sintió los rasguños de las uñas en su espalda. Al fin, él se dejó ir, mientras ella exprimía entre las piernas cada gota de semilla.

Nunca lo había deseado de esa manera. Tal vez la pandemia no había sido mala del todo, pensó con una sonrisa.

Sudados y abrazados en la cama, sucumbieron al sueño.

LVIII

Una semana después de su recuperación, Maureen ya estaba de vuelta en el laboratorio, en plena jornada. Stallworth la había invitado a asistir en la cirugía diaria de Eleazar. El inglés no le había advertido lo que presenciaría.

Cuando vio cómo se reparaba el tejido muscular de Eleazar, se quedó absorta.

—Pero ¿cómo…? —no supo terminar la pregunta.

—No sabemos —respondió Stallworth—. Hablaremos luego; solo observa.

Y eso hizo. Maureen formuló posibles explicaciones de lo que había visto, pero las descartaba de inmediato. Ninguna tenía sentido.

Una vez en el laboratorio, después de la extracción, observaba cómo el inglés convertía el riñón de Eleazar en otro lote de *Lázar*.

—Dice ser Lázaro. Sí, ese Lázaro —añadió Stallworth al notar a Maureen incrédula.

—¿Y le crees?

—No sé qué pensar. He tratado de buscarle alguna explicación, pero nada. Te ha pasado igual a ti, me imagino.

—Bueno, sí. Pero, vamos, ¿Lázaro? Debe ser alguna aberración o una mutación. Algo así...

—Pensé lo mismo, pero el verdadero milagro ha sido esto —el inglés señaló al frasco de medicamento—. Esta es la única manera de producirlo. Y funciona, como bien sabes.

Maureen pensó en su tiempo en cama, a punto de morir. Le era difícil descartar la posibilidad de un milagro.

—Vamos a presumir que es quien dice —dijo Maureen—. ¿No sientes temor ante cómo nos juzgaría Dios? Porque, si Lázaro existe, Dios también, ¿no?

—No le temo. Nuestras acciones salvan vidas; hacemos bien, aunque de una manera terrible. Si existe, de seguro nos perdonará.

—¿El mismo Dios que ha condenado a este hombre a ver a todos sus seres queridos morir una y otra vez? ¿Que lo ha castigado como a Prometeo?

Stallworth no pudo sostener la mirada de los ojos verdes, que parecían revelar todas las dudas de lo que había hecho.

—Porque si es ese Dios —continuó Maureen—, estamos más dementes que Él.

Desde hacía varias semanas Maureen había comenzado a quedarse hasta tarde en el laboratorio. Analizaba las muestras de sangre de Eleazar en busca de las respuestas que la eludían. Stallworth había aplaudido su dedicación, aunque opinaba que estaba obsesionada; si él no había sido capaz de encontrar nada, ¿qué esperanza tendría ella? Pero el viejo recordaba sus obsesiones de juventud, y permitió que llegara a sus conclusiones.

A las nueve de la noche, como de costumbre, Maureen comenzó a recoger su escritorio. Removió la bata blanca y la puso en el gancho detrás de la puerta. Se echó la cartera al hombro y tomó un pequeño frasco marrón del estante, donde almacenaba varios medicamentos e instrumentos de laboratorio. Se dirigió al cuarto de las cámaras para tomarse un café con Dean, el encargado de vigilar las pantallas de circuito cerrado en las horas nocturnas. El café antes de partir se había convertido en un ritual para ambos. Ayudaba a Maureen a mantenerse despierta durante el viaje a su casa y aseguraba que Dean la vigilara al salir. Hoy le tocaba a ella preparar la bebida.

—No es por nada —dijo Dean mientras aguantaba la taza de café en la mano. Tomó un sorbo—, pero me alegro de que te quedes hasta tarde.

—Claro —contestó Maureen—, tú no eres el que apenas ve su casa en la semana.

—Ah, sabes que no me refiero a eso. Es que al menos tengo alguien con quien hablar. Antes habíamos dos en esta cabina y otros cuatro guardias. Ahora solo está Martínez en el portón y yo.

—Bueno, muchos empleados no han vuelto a trabajar desde que se desató el virus. ¿Por qué crees que estoy aquí hasta tarde?

—Es difícil creer cómo ha cambiado todo, ¿no? —dijo Dean—. ¿Crees que volvamos a la normalidad?

—Probablemente —contestó Maureen—. No es la primera vez que sucede. El mundo logró recuperarse de la gripe española; se recuperará de la gripe aviaria, ya verás.

—¿Descubrieron una cura?

—No. Simplemente desapareció. Se cree que algunas personas desarrollaron una resistencia al virus. Es lo mejor que hacemos los humanos: adaptarnos.

Dean terminó lo poco que quedaba en su taza. Luego bostezó.

—Creo que he desarrollado resistencia a la cafeína. Tengo un sueño terrible. Oye, ¿qué te pasa hoy? No has tocado tu café.

—Está demasiado cargado.

El guardia estiró los brazos y soltó otro bostezo. Se levantó para servirse más café, pero, de repente, se desplomó. Cayó al piso bocabajo, inconciente.

Maureen sacó el frasco marrón de su cartera, ahora vacío, y lo depósito en el zafacón. Tomó un llavero que estaba enganchado a la correa del guardia y verificó que tuviera lo que necesitaba. Luego, se sentó a la computadora de Dean, donde controlaba las cámaras de seguridad. Pulsó algunas teclas y esperó hasta que todas las pantallas dejaran de transmitir.

Sin vacilación, caminó de prisa hacia la celda de Eleazar. Frente a la puerta, deslizó una tarjeta que estaba en el llavero de Dean, por una ranura a la derecha de la entrada al cuarto. Una luz verde se encendió. Podía acceder a la celda oscura.

Una vez dentro, se acercó a la cama. Eleazar dormía encadenado de pies y manos. Maureen sacudió al hombre y se alejó. Aún recordaba cómo se había despertado en su casa, meses antes. Como había pasado en aquella ocasión, Eleazar despertó peleando contra las cadenas.

—Cálmate, Lázaro. Te voy a sacar de aquí.

Eleazar miró hacia donde había escuchado la voz, lleno de rabia. Tardó en reconocer quién le hablaba.

—¿Tú? ¿Qué? ¿Quieren aumentar la producción?

—No. Te dije: voy a ayudarte a escapar.

—No te creo. Es por tu culpa que estoy aquí.

—Era necesario sacarte de la población en aquel momento. Estabas contagiando a todo el mundo, literalmente. Confía en mí.

—Estás loca.

—Es muy probable que sí. Pero, piensa: por qué tengo que mentirte. Estás a la merced de lo que diga Naín.

Eleazar consideró las palabras de Maureen. Extendió sus brazos hacia la mujer.

—Cierto. ¿Tienes las llaves para esto?

—Creo que sí. No te muevas.

Luego de varios intentos, abrió los candados que restringían los brazos y las piernas de Eleazar, quien se estiró como para celebrar su libertad.

—Ven —dijo Maureen.

Caminaron ligero por el pasillo, hacia la salida.

—Espera —dijo Eleazar, deteniéndose.

—¿Qué te pasa? ¿No quieres salir de aquí?

—Sí, pero no puedo dejar a Ernesto.

—No te preocupes por ellos. Los van a soltar pronto. Tenemos que salir de aquí.

—Vete tú, entonces. Solo dime dónde están.

—¡Ay, bien! —dijo Maureen, exasperada—. Vamos por ellos.

Regresaron por donde vinieron, hasta llegar a la puerta de Brommer. Sandra despertó al escuchar la puerta abrirse y sacudió a su marido. Brommer se paró, como para defender a Sandra.

—Soy yo, Ernesto. Nos vamos de aquí.

—¿Eleazar?

—Sí. Luego hablamos. Er, vístanse antes, por favor —dijo al ver que el marido y la mujer estaban desnudos.

Ambos se pusieron la ropa como mejor pudieron. Peleaban contra la prisa y sus nervios. Eleazar y Maureen se habían virado para darles un poco de privacidad. Concentraron la vista en los alrededores de la celda:

parecía la sala de estar de cualquier hogar, con un televisor, un sofá y una mesa con libros y revistas.

—Coño, ¿era mucho pedir que me dejaran par de libros al menos? —comentó Eleazar.

—No se atrevían a darte nada que te ayudara a escapar. Un hombre con tus poderes…

—¿Poderes? ¿Me creían Jesucristo?

La pareja terminó de vestirse y, enseguida, partieron hacia la salida. Maureen se había estacionado cerca de la puerta de entrada, fuera de la vista del guardia del portón, quien seguramente dormía. No había lugar para tomar riesgos innecesarios.

Los cuatro subieron al camión de utilidad: Maureen, en la silla del conductor; Eleazar, en el asiento de atrás; Sandra y Brommer, en la sección de carga. Con excepción de Maureen, los tres pasajeros estaban acostados y escondidos.

Por mala fortuna, el guardia del portón estaba despierto aún. Si estaba dormido, Maureen acostumbraba a salir, sin que se detuviera a registrar su salida. De hacer lo mismo ahora, levantaría sospechas.

Detuvo el vehículo al lado de la caseta y bajó su cristal ahumado.

—¿Mucho trabajo hoy? —preguntó el guardia.

—Demasiado —respondió Maureen—. Tengo que hacer el trabajo de tres personas.

—Esta maldita enfermedad. He perdido más compañeros que en la guerra.

Eleazar se preparaba para salir del vehículo y… ¿hacer qué? No sabía si correr o atacar al guardia.

—Es una lástima, ¿no? —Maureen dejó escapar una lágrima.

—Ah, vamos. Perdóneme, no quería hacerla llorar.

—Es que es tan terrible —lloró.

—Mire, mejor llegue a su casa y descanse. Ya verá que todo saldrá bien.

—Ay, perdóneme.

—No, no. No hay que disculparse.

—Gracias.

Subió el cristal y dejó al guardia con cargo de conciencia.

—¿Cómo lograste llorar así? —preguntó Eleazar, una vez se habían alejado de la sede de NCT.

—Vi un video en el cual hablabas con Naín. Fue fácil: imaginé ser tú.

Entraron a la autopista en dirección al sur. Estuvieron callados por horas.

LX.

Rizzi había pasado los últimos dos meses enterrado en diferentes análisis de reportes de agencias de salud del mundo entero. Además, estaba pendiente de lo que reportaban los medios. Apenas había visto a Naín; se comunicaban por correo electrónico o teléfono. Tenían la cura para la gripe aviaria, pero no era posible producir grandes cantidades por el momento. La empresa aún no había logrado su meta financiera con *Lázar*. Stallworth tendría que encontrar la manera de producir en masa el medicamento. Se sentía afortunado de ser una de las pocas personas a salvo de la pandemia; más aún cuando leía las cifras de muertos y enfermos.

Cuando leyó el primer reporte aquella mañana, pensó que era un error. Llamó para confirmar lo que había leído y le aseguraron que los números eran certeros. Leyó otro y encontró cifras semejantes. Todo lo que leía mostraba lo mismo. Decidió ver las noticias, pero todo indicaba que nadie más se había enterado. Tropezó dos veces antes de llegar a la oficina de Naín. Había subido corriendo los cinco pisos; no quiso esperar el ascensor. Llegó sin aliento; los reportes, estrujados en sus brazos.

—¡John! ¡No me dijiste…!

—Apenas me he enterado —interrumpió Naín. La frustración en su voz era notable. Le temblaban las manos. Se dejó caer al asiento exhalando.

—Pero ¿cómo?

—Maureen García, la asistente de Stallworth…

—¿García? ¿Logró reproducir la fórmula? ¿Cuándo?

—¿De qué carajo hablas?

Jamás había escuchado a Naín hablar así. Rizzi siempre había admirado la compostura del alto ejecutivo.

—Los reportes —respondió Rizzi, nervioso. No sabía qué esperar de Naín…

—¿Qué reportes? ¡Vamos! Habla, hombre.

—Estos, mira —se acercó al escritorio y le mostró los papeles que tenía en las manos—. En la última semana, el índice de mortalidad ha bajado; el de infección, también. Parece que la cura ha hecho efecto.

Naín leyó en silenció.

—Estos informes hablan de decenas de miles de personas alrededor del mundo.

—Sí. No sabía que la producción de *Lázar* había incrementado tanto.

—Oh, Dios —Naín suspiró. Ahora parecía más frustrado aún—. Llama a Stallworth. Estamos más jodidos de lo que pensé.

Rizzi utilizó el teléfono de Naín para llamar al doctor. Una vez le dio el mensaje, permaneció callado; no se atrevía a decir nada más.

—Mira esto —le dijo Naín a Stallworth tan pronto llegó. Señalaba los informes en su escritorio.

El doctor se puso los lentes para leer.

—Tiene que ser un error —dijo Stallworth.

—No —intervino Rizzi—. Los verifiqué todos. Es cierto.

—¿Cómo? —preguntó Naín.

—No sé —contestó Stallworth—. Lo único que se me ocurre, la única explicación, sería que desarrollamos una resistencia al virus.

—Miles de millones para nada —dijo Naín. Sacudía la cabeza lentamente, como si negara en cámara lenta lo que había leído.

—No, no han muerto tantos —dijo Rizzi.

—¡Idiota! —Stallworth dijo, enfurecido—. ¡Dólares que desperdiciamos para desarrollar una vacuna!

—Pero, el medicamento...

—Decenas de miles alrededor del mundo que se han curado, ¿verdad? —interrumpió Stallworth—. ¿Sabes cuántas personas inoculamos con la cura?

—No.

—Menos de dos mil. Parece que subestimamos la capacidad de evolucionar y adaptarse de nuestro ADN.

—Entonces, ¿toda esta gente se ha sanado sola?

—Así parece.

—Pensé que la fuga de Lázaro era una crisis, pero esto es mil veces peor —dijo Naín—. ¿Cómo le explico esto a la Junta?

LXI

Arrodillado en el jardín, Brommer se limpió el sudor de la frente. Sería la última cosecha de tomates del año, según le había informado su vecino, Manuel. Brommer había aprendido bastante, pero le faltaba mucho. Por suerte, a Manuel le daba placer ayudarlo a que cosechara su propia comida. Hasta le había provisto con semillas para cultivar otros vegetales y frutas. El costarricense los había recibido con manos abiertas: cualquier amigo de Eleazar era amigo suyo.

El inmortal nunca reveló cómo conocía a Manuel ni por qué lo apreciaba tanto, pero, luego de varias conversaciones con el vecino, Brommer llegó a suponer que Eleazar lo había sacado de un apuro años atrás. Sabía que era mejor no preguntar; Manuel tampoco indagó acerca de la razón por la que el matrimonio estaba allí.

Apenas recordaban cómo había sido su vida antes de la pandemia. Se entretenían con sus libros, pasadías a la ciudad y al resto del país. Habían hecho pocas amistades, pero disfrutaban de su compañía cuando había alguna celebración. La comunidad era semejante a una familia unida. Muchas veces pasaban el día solos, en pleno disfrute de sí mismos. El único contacto con el resto del mundo era por medio de la computadora, con la cual Brommer hacía trabajos independientes de programación. No era un ingreso alto, pero les daba para vivir.

Habían leído acerca del despido de Naín; la Junta eligió a Rizzi como su nuevo presidente. La empresa se vio forzada a vender la mayoría de sus activos para mantenerse a flote; solo sobrevivió la sede de Seattle. Brommer creía que le formularían cargos a Naín, pero nunca volvió a saber de él. La influencia de NCT había decaído de tal manera que ya no tenían que preocuparse de que los buscaran.

De vez en cuando recibían una postal de algún país lejano. Ninguna decía más que la dirección de Sandra y

Brommer. Al parecer, Eleazar y Maureen recorrían el mundo entero. Brommer se preguntaba cómo financiaban sus aventuras, pero era inútil preocuparse por el inmortal.

Solo volvió a ver a su amigo dos veces más.

La primera fue en el décimo cumpleaños de Eleazar Brommer, su hijo. Maureen y el inmortal llegaron sin aviso a la pequeña celebración. La mujer de ojos verdes, al igual que Brommer y Sandra, lucía algunas canas y arrugas, pero Eleazar no había cambiado, excepto en los ojos: brillaban de felicidad. Pasaron tres días con la familia y luego partieron, también sin aviso.

La segunda vez, Eleazar vino solo. Brommer, ya anciano, estaba en cama, Sandra y su hija lloraban. Su hijo, todo un hombre, hacía lo posible para mantener la compostura en el hogar. El inmortal pidió un momento a solas con Brommer, quien supo no preguntarle por Maureen: no quería hacerlo sufrir más.

— Te envidio; te queda poco —dijo Eleazar.

—Sí. Asegúrate de que Sandra y los nenes estén bien.

—No te preocupes por ellos. ¿Tienes miedo?

—Un poco, sí. Más que eso, estoy cansado. Creo que al fin te comprendo.

—Ya era tiempo —sonrió Eleazar. Brommer se rio; luego, tosió—. Perdóname.

—Ah, no te preocupes. Me hacía falta un poco de risa. Todo el mundo anda tan triste en esta casa. Oye, ¿crees que deba orar?

—Si te place...

—¿Crees que me escuche?

—Sabes que no.

Brommer rio otra vez.

—Eres tan fácil de encojonar. Deja de odiarlo tanto ya.

—Es que sigo viendo a la gente que amo —pausó un momento— irse.

—Pues trata de recordarnos. Seguiremos vivos gracias a ti, si no nos olvidas.

—Tengo un hijo —Eleazar cambió el tema—. Lo llamé *Ernesto*. Ya se ve más viejo que yo. Créeme que no voy a olvidarte.

—No lo abandonaste.

—No. Maureen… —pausó otra vez. Mencionar el nombre le causaba dolor—, me hizo prometerle que siempre estaría cerca de él. Creo que pronto seré abuelo otra vez.

—Nuestro árbol genealógico es una selva —rio Brommer. Eleazar sumó su risa a la del moribundo. Pasaron varios minutos así.

—Me voy —dijo Eleazar, al fin.

—Yo también —respondió Brommer, aún riéndose. Luego, se tornó serio—. Oye, vive, ¿eh? No vuelvas a ser como eras antes.

—Trataré.

—Recuerda: pura vida.

—Te has convertido en todo un tico.

—Que se joda.

—Bueno, no del todo. Adiós, Ernesto.

Eleazar se despidió del resto de la familia con abrazos, besos y promesas de mantenerse en comunicación.

Despacio, caminó hacia la carretera que lo llevaría a la capital. Decidió caminar en vez de esperar el transporte. Así disfrutaría del atardecer que ya pintaba el cielo de naranja. No tenía prisa.

—Pura vida —dijo para sí, con el amanecer de una sonrisa en el rostro.

Fin

161

Made in United States
Orlando, FL
01 April 2023

31618880R00100